Arab Sekhi

Abruy...tirect

Commander ce livre en ligne à www.trafford.com/07-1337
Ou par courriel à orders@trafford.com

La plupart de nos titres sont aussi disponibles dans les librairies en ligne majeures.

Avis aux bibliothécaires: un dossier de catalogage pour ce livre est disponible à la Bibliothèque et Archives Canada au: www.collectionscanada.ca/amicus/index-f.html

Imprimé à Victoria, BC, Canada.

ISBN: 978-1-4251-3464-8

Chez Trafford nous croyons que nous sommes tous responsables de faire des choix sociaux et pour la préservation de l'environnement. Par conséquent, chaque fois que vous commandez un livre chez Trafford ou utilisez nos services d'édition, vous contribuez à cette conduite responsable. Pour en apprendre plus sur votre contribution, veuillez visiter www.trafford.com/responsiblepublishing.html

Notre mission est de fournir le service d'édition le plus complet et de permettre à nos auteurs d'avoir du succès. Pour découvrir comment publier votre livre à votre façon, veillez visiter notre site web à www.trafford.com/2500

www.trafford.com

Amérique du Nord & international
sans frais: 1 888 232 4444 (États-Unis et Canada)
téléphone: 250 383 6864 • télécopieur: 250 383 6804
courriel: info@trafford.com

Royaume Uni & Europe
téléphone: +44 (0)1865 487 395 • tarif local: 0845 230 9601
télécopieur: +44 (0)1865 481 507 • courriel: info.uk@trafford.com

10 9 8 7 6 5 4 3 2

I widak-iw

Ittwalin izeğğigen
Di tira-yiw
Mi tent-mazal s isenanen

I jida, aɣerbaz-iw amezwaru:

Mi sliɣ i wawal teqqareḍ
Ittara-yi ɣer deffir
Teseɣreḍ-iyi nebla lkaɣeḍ
Jebdeɣ-d seg-m am lbir
Tusna-nni deg-i i tellmeḍ
Ass-a deg-i am usaru n leḥrir

I karim Aacab wukud:

Naṛqem asaru i d-ẓdiɣ
Alami i d-icba isura
I yemzuṛen n lbaṛj bniɣ
Yid-s i d-nenğaṛ tisura.

I Ḥakim Abdat,

I yjebden yid-i
Nessufeɣ-d aḍṛef d lewhi

Tazwart

Abruy...tirect d tameqqunt n yeḍṛisen anda ameslay n yal ass izḍa d isefra alami i d-ggan asaru n tmucuha i d-ittawin af tudart, af tayri d reffu, af usirem d tirga. Si tmacahutt n Aεmaṛ akw d Ḥmed ar tin n uderɣal, d tidak n « Guillaumet », adlis ittawi-yaɣ am tegmart ar tmurt n wulawen-nneɣ. Ma yella wayen ad negmar seg *Abruy...tirect*, d ayagi: ar ɣuṛ-neɣ i tella ma tirga-nneɣ ad aɣ-ilint d afriwen neɣ d taεkkumt. Di *Abruy...tirect*, isefra ttaken afud i umeslay. Asefru di tmacahutt am taεqqact deg wezrar: netta tcebeḥ-it, nettat tella-yis. S tmeslayt n yal ass, *Abruy...tirect*, d adlis i daɣ-d-ismektayen ayen i nɣil nettu-t netta ziɣ werğin iffiɣ seg ul. D adlis anda yal wa ad yemager iman-is, ad yemqabal d tirga-s. Si tmacahutt ar tayeḍ, Aεṛab Sexxi di *Abruy...tirect*, yettaṭaf-aneɣ afus akken ad neddu yid-s deg yiwen n yinig d ameqwṛan ittawin ar lqaεa n wulawen-nneɣ.

Tamacahutt n uderɣal

Tamacahutt n uderɣal

Macahu.

Bɣiɣ ad awen-d siwleɣ tamacahutt.

Dacu, akken tezṛam, ilulaq win i d-issawalen timucuha deg uzal. Ad neṛğu ciṭ ar d-iɣli yiḍ. Sebṛet kan ciṭ, ur ittaɛṭil ara. Sya ar d-yeɣli ṭlam, ad nbed tiremt, ad nawi ameslay af wawal-agi n *Macahu* i yezuznen temẓi-nneɣ.

Macahu ar kra, d awal kan amejṭuḥ. Ur ibbwi ur irri. D awal ur nesɛi azal[1]. Am waman. Kra ur teggen ara azal i waman. D widak-nni ur ntteg ara azal i wawal n *Macahu*, ur ntteg ara azal i waman.

Qqaṛen-d aman ur sɛin ara azal imi ur sɛin ara suma. Dacu-ten waman? Ɣuṛ-sen ma ur tezmireḍ ara ad teggeḍ suma i tɣawsa ur tesɛi ara azal. Ɣuṛ-sen azal ittqisi kan s idrimen. Ttaɛṛaqen ger suma d wazal.

D tidett, aman d acu-ten? D ulac. D ulac…neɣ d lsas n tudert. Yal wa amek i ten-ittwali. Yal wa anda yesaweḍ. Akken awal n *Macahu.*

Macahu

Ay awal aẓidan a Macahu. Mi i das-sliɣ am win i diyi-d-ildin tabburt n temẓi. Neɣ am win i diyi-d-ifkan aɛeqqaṛ-nni[2] n tirga. Yufeg ccib, yufeg unezgum, uraden ineẓman, ittifsus wul-iw.

Macahu

Macahu mi das-sliɣ
Issemɣay-iyi-d tafriwin
Mi i tent-huzeɣ ad gwriɣ
Anda akken ulac ticmatin

---

1 Azal : valeur

2 Aɛeqqaṛ : ingrédient, condiment, substance

Deg rebbi n jida i ttiliɣ
Af yiles-is ḍaleɣ i tɣaltin

Macahu.

Ay awal itekksen tislest[3] i wul-iw, ittuɣal-d d amaynut. Ayen akken akw n temẓi i nɣil nettu-t, ittifrir-d[4]. Ziɣ ittṛağu kan sebba. Igguni-d kan di teɣmaṛt n usmekti, laɛğ-it[5] kan ad ijbu. Asmekti am waman iḥbes lḥiḍ. Ciṭ kan d sebba ad remgen, yurad kulec, idda uxeclaw, idda wezṛu.

Macahu.

Ay awal i d-ittarran jida,
Ay awal i d-ijemmaɛn atma,
Ay awal i sğuğğugen
Ay awal irnan ineẓman
Ay awal i diyi-d-ittaran
Ttaṛ i tazzla iseggwasen

Macahu,

A tagmart ur neḥwağ ara
Aleggam[6], neɣ cuka[7]
Aleggam d tirga n temẓi
-Cuka-yinu d asmekti

Macahu, a tagmart i diyi-ttawin:

Akkin i tiɣilt d wedrar,
Akkin i ysafen d lebḥaṛ.
Tiɣilt n wurfan,
Adrar n lmenkwaṛ
Lebḥaṛ n iɣweblan
Isaffen n temɣwaṛ.

Macahu a tagmart s wayes i regwleɣ i lweqt i yezgan icad-iyi.
Macahu, ay awal anect n webruy, ciṭ ciṭ isaweḍ tirect.
Dacu d azal n wawal?

---

3 Tislest : ancienne peau résultant de la mue. Désigne aussi les pellicules du cuir chevelu.
4 Ifrir : surnager, remonter, flotter, émerger.
5 Laɛğ : provoquer, taquiner
6 Aleggam : rênes, bride.
7 Ccuka : baguette de bois terminée par un aiguillon métallique.

Gret kan tamawt ar lḥaṛa ma banen-d yetran ad nebdu tamacahutt-nneɣ. Mazal ciṭ? Aha ayen deg ar ad tesrekdem iman-nnwen, d lawan.
Af aydeg akken ar a d-nettmeslay?
Iheqqa af azal n wawal.
Meqqwaṛ usteqsi. Ansi ad as-tekkeḍ?
Akken iqqaṛ lemtel, awal deg-s ddwa, deg-s dda. Aman d wawal ma tesneḍ-asen, d lsas n tudert, ma ur dasen-tesineḍ ara, ad snegren taddart. Yal taɣawsa tesɛa udem amellal udem aberkan. Issin ansi ar ad tt-teṭfeḍ. Akken ula d awal.

Dacu, issewhamen ciṭaḥ, nezga mi a d-nawi lemtel af wawal, mi a nebɣu ad ninni sani izmer ad isiweḍ, nettawi-d kan lemtul af ayen n diri i yezmer ad yawi. Ur d-nbedder ara aṭas ayen ilhan i s wayes izmer ad iglu.
Ula d aweṣi nettweṣi kan af ayen n dir i d-ittawi wawal.
Neqqaṛ: yir awal d azeddaɣ n wul ittṛebi deg cḥani; ur neqqaṛ ara: awal ziḍen iferṛeḍ ul, deg tayri i yettṛebi. Ulama i sin d tidett.
Neqqar: awal am yezrem mi d-iffeɣ ur ittuɣal. Ur neqqaṛ ara aṭas ma yexseṛ-ak-d wawal ddwa-s d awal n smaḥ.
Neqqaṛ: d iles-is i d aɛdaw-is, ur neqqaṛ ara d iles-is i d aḥbib-is, neɣ d iles-is i d trika-s
Neqqaṛ: iwwet-iyi-d s wawal, ur neqqaṛ ara: iself-iyi-d s wawal.
Ttweṣin af yir awal akken ur tɣelliḍ ara deg-s. Ayen ilhan, wicqa ma teɣliḍ deg-s!
Qqaṛen daɣen, iles ẓiḍen iṭeḍ tasedda[8].
S wawal tettifsus taɛkumt[9] n tudert.
S wawal i s wayes iqebbel laɛqel ayen iḍaṛun yid-s, am lmut n win aɛzizen.
Awal isefsay uzzal, ifetti leqyud. Tikwal isefcal ifaden.
Dacu ittaken lexbaṛ af azal n wawal, d widak iṭfen leḥkwem.
Widak iḥekkmen s lbaṭel ulac ayen ttugaden am awal.
Ttugaden awal aktar n wuzzal.
Ttugaden imru aktaṛ n lfuci. Yif ad asen-tcaɛleḍ times di lkaɣeḍ a dasen-t-tḍeqṛeḍ ar gar-asen wala ad taruḍ deg-s ad t-tḍeqṛeḍ i yemdanen ad

---

8 Tasedda : lionne
9 Taɛkumt : fardeau, peine.

t-ɣṛen. Yif-asen ad tesqedceḍ lkaɣeḍ i tmes wala i tira.

Dayen, banen-d yetran?

Ihi *Macahu*

Macahu af wazal n wawal.

Illa yiwen d aderɣal. Ddarya tezzi-yas, lwali ulac, neɣ ula d niteni ulac iwumi zemren. Ittmetra deg ubrid yal ass. Tikwal mi yeqqim di ṭlam-is, ad issel i wemsebrid, ibeqqu ad as-yinni:

Nek d aderɣal

Ttxil-k inni-yi-d ttbut
A tettwaliḍ d aderɣal
Inni-d ma tebbweḍ-d tefsut
Ma yella tessaɣ neɣ mazal
Yal tikelt mi tṛuḥ tfut
Fell-i tfut snat tikkal

Tttxil-k inni-yi-d ttbut

Tettarram-d ttaṛ i wuḍan
S lefjer d tafat-is
Nek ur ẓaṛeɣ melmi kfan
D ṭlam af yiwen n yidis
Uḍan tetten seg-i am yiḍan
Nek ṣbaḥ-iw d aṭelyis[10]

Ttxil-k inni-yi-d ttbut

Ttxil-wen innit-d tidett
Mmi ma ɣuṛ-i i d-iffeɣ
Yelli a d-qqaṛen d taɛlğett[11]
Nek zemreɣ kan ad as-selfeɣ
Ttḥulfuɣ d ababat n tḥilett
Imi ur zmireɣ ad ten-ḥudeɣ

Ttxil-k inni-yi-d ttbut

Ddunit-iw d imeẓuɣen

10 Aṭelyis : ténèbres.

11 Taɛlğett : poupée.

D lmentaq i d tteswiṛa
Imi ur ttwaliɣ udmawen
Ur diyi-tettkellix ṣṣifa
Ulawen am ijeqduṛen
Di ṣut ad tezṛeḍ amek illa

Aderɣal-agi isεa yiwen n wemḍiq di temdint, deg-s kan i yettɣama. Ad isers taqesult-is, sya ar da, amsebrid ad iḍeqar ɣuṛ-s ayen i das-d-inna wul-is. Isεa yiwet n telwaḥt, yura deg-s ``Nek d aderɣal, aεwnet-iyi``.
Yiwen n wass, akken kan teffeɣ ccetwa, neɣ tegrest, ibed-d ɣuṛ-s yiwen n wemdan, iqqim a ttmeslayen.
Inna-yas umsebrid-nni:
- Amendaṛ ma imsebriden ilha wul-nnsen, ma ttaken-ak-d xaṛsum ayen s wayes ad tawiḍ aɣṛum i warrac s axxam.
Irra-yas:
- Win i diyi-d-ifkan, ad as-irnu Ṛebbi di can, win ur diyi-d-nefki ara, ur das-ttalaseɣ ara. Yarnu win akken ad as-tiniḍ ur diyi-d-imuqel ara ula d amuqel, ahat iḍelli d netta i diyi-d-ifkan akw aṭas.
Inna-yas umsebrid:
- Ihi ur tettečḥeḍ ara af widak ur dak-d-nettak ara?
- Ayen a čḥeɣ? Ur iksan ḥed amek illa.
- Ihi ur tettečḥeḍ ara fell-i, imi ur zmireɣ ad ak-d-fkeɣ ulukan d fṛak! Ixla lğib-iw
irra-yas:
- Amek ara ččḥeɣ fell-ak? Xas ur diyi-d-fkiḍ ara idrimen, aqla-k teqimeḍ-d ɣuṛ-i nemeslay, wumag ulac win i diyi-d-ittmeslayen. Nek neṭqeɣ ɣuṛ-sen, niteni msakit zgan ḥaren. Iwaεṛ uɣṛum.
Amsbrid isusem taswaεt, yuɣal iddem-d talwaḥt-nni udarɣal, inna-yas:
- Tira n telwaḥt-agi-yinek cweya kan, cakkeɣ ur tent-ttwalin ara imsebriden akken iwulem. Ma ulac aɣilif a dasent-aεwdeɣ.
Irra-yas:
- Awi-d ukan, ad tent-id-sbaneḍ, d mmi amejṭuḥ i diyi-tt-ittarun yal ṣbaḥ.

Mi das-ikfa talwaḥ-nni s tira, inna-yas:

- Atan ihi. Bɣiɣ ad sɣwezfaɣ iɣimi yid-k, dacu, ad iyi-ttṛağu cɣwel, ad k-ğğeɣ di lehna, ilaq ad ṛuḥeɣ.

Isteqsa-t-id udarɣal:

- Af akka a sellaɣ i taɣwect-ik mazal-ik meẓiyeḍ, amek alami ur txeddmeḍ ara? Neɣ txeddmeḍ?

- Axweddim xeddmeɣ lamaɛna ur a nessawaḍ ara. Deg uzal xeddmeɣ di luzin, deg iḍ xeddmeɣ tamedyazt. Meḥseb xedmeɣ isefra. Akken tezṛiḍ tamedyazt ur teceččay ara aɣṛum. Ihi attan telwaḥt-nni aɛwdeɣ-as tira. Idrimen ur waɛɣ ara ma d awal iwumi zemreɣ fkiɣ-ak-t. Qim di talwit.

Adarɣal ur ifhim ara mliḥ dacu-ten imeslayen-nni i das-d-issegwra. Acu, akken kan iṛuḥ winna, ibda a ysel i yedrimen a d-čenčunen ar tqesult-nni yines. Ad as-tiniḍ seg igenni a d-ɣellin am ugefur.

Iwhem. Isferfed yufa d idrimen yarnu mačči d tiduṛutin! Imsebriden llin ifasen-nnsen. Seg wasmi i d-icfa ur das-d-fkan medden am ass-nni. Ula deg wass n lɛid, laɛmeṛ i d-uḥnanen medden am ass-nni. Iqqaṛ-as deg ul-is: aɛni dacu n laɛwacaṛ illan nek ur zṛiɣ ara? Γileɣ snaɣt-ten yakw!

Zik i yenejmaɛ s axxam. Mi yebbweḍ, ifka-yas ayen i d-ijmaɛ i tmeṭṭut-is; tewhem, tenna-yas:

- Aɛni tukreḍ-d lbanka ass-agi? Ansi akka i d-kkan anect-agi n idrimen? Lah ibarek, xiṛ n wass n lɛid.

Irra-yas:

- Aqli tufiḍ-iyi-d wehmeɣ ula d nek. Ur fhimeɣ ara. Nudan, nudan, netta d tmeṭṭut-is, ur d-ufin ara.

Tameddit, zzin-d ad ččen imensi. Inṭaq mmi-tsen, inna-yas :

- A ba, ayen akka talweḥt-nni yinek?

Irra-yas uderɣal:

- Aɛni tesfeḍ daɣen? Aɛwed sban-d tira a mmi ttxil-k.

Inṭaq weqcic:

- Ala mazal banent-d, mačči d anect-nni.

Iwhem uderɣal:

- Ihi a mmi d acu i tt-yuɣen
irra-yas weqcic:
- A ba, maččí akka i dak-uriɣ ṣbaḥ-agi
Aderɣal am win ad t-id-iwten s ubeqqa.
Isteqsa:
- D acu yuran deg-s ihi?
Iɣra-d weqcic talweḥt:
- Azekka d tafsut, nek ur tt-ttwaliɣ ara.
Am win ad as-d-ildin allen, ifhem lmaɛna n wawal.

Ma yella tmuqleḍ, ama zik ama ass-nni, talweḥt-nni ayen i d-teqqaṛ yiwen-is : Nek d aderɣal.
D acu awal umedyaz ittaf abrid ar wul.
Awal win i t-ikesben, am tsarutt ar wulawen n imdanen. Win ittṣegimen awal, ikseb agaruj. Tikwal icarek-it.

A win ittṣegimen awal
Ass-a nusa-d ad k-nettar
Keččini iles-ik isawal
Am win i d-ittagwmen lebḥaṛ
Iles-iw d tamgwḥelt n wuffal[12]
Ur tekkat ur taɛmmaṛ

A win ittṣegimen awal
Ass-a nussa-d ad k-nettar

Ad ak-inniɣ tayri i diyi-zedɣen
S imeslayen am iqwjemyaṛ
Keččini nǧeṛ-iyi-ten
Zuzer-asen akw ciṭaḥ n sser
Ad ten-awiɣ d imuduren
Ar wid aɛzizen am laɛmeṛ

A win ittṣegimen awal,
Ass-a nusa-d ad k-nettar

12 Uffal : férule (pour désigner ce qui n'est pas solide)

Asirem d tirga i diyi-zedɣen
Am taḍuṭ ur nefri ara
Keččini llem-iyi-ten[13]
ẓeḍ[14]-iyi-ten d isura
D nitenti ad iyi-begsen
Ad iyi-wansen tagara

A win ittṣegimen awal,
Ass-a nusa-d ad k-nettar

Ad ak-inniɣ i ttewḥaceɣ
S wawalen igugmen
Yid-sen ad mqabaleɣ
Err-iten ad ttmeslayen
Amar mi ad ten-fehmeɣ
Dayen ad tefsax tugdi-nnsen

A win ittṣegimen awal,
Ass-a nusa-d ad k-nettar

Ad ak-inniɣ i diyi-ttawin
S imeslayen am akkal
Msel-iyi-t d tibuqalin
Akken asirem ur diyi-ttenɣal
Ad t-bḍuɣ d tijeɣwimin[15]
Nekkini d yemdukal

A win ittṣegimen awal,
Ass-a nusa-d ad k-nettar

Ad ak-inniɣ ayen akw sneɣ
Imzarwaɛn am lleft
Ḥiwec-iyi-t-id ad t-smireɣ
Ar tbuqalt n tizeft
I widak ar a sseɣreɣ
Ad asen-t-awiɣ d tarzeft

---

13 Llem : filer (la laine)
14 Zeḍ : Tisser.
15 Tajɣwimt : gorgée.

A win ittṣegimen awal,
Ass-a nusa-d ad k-nettar

Ay aɛbwaj[16] imeslayen
Yal amdan s wazal-is
Neqqim akw tesɛa waguren
Ɣuṛ-k tamuɣli deg dis
Ɣuṛ-k awal i gežmen
Ma yenṣel ittḥaz bab-is
A win iettṣegimen awal,Xas tesneḍ … arnu tettar

16 Aɛbwaj : maître de son art ou de son métier.

Akken kan ad iyi-yafen

Akken kan ad iyi-yafen

Timucuha af imawlan mačči d yiwet, mačči d meyya. Akken i das-inna deg wawal-is: xas err leḥsab i yetran. Tamacahutt-agi temxalaf af tiyaḍ. D tamacahutt i d-isawel yiwen umyaru afṛansis iwumi qqaṛen *Antoine de St-Exupéry*. Netta yura-tt akken ad yer tajmilt i wemdakwel-is, nekwni ad ner yis tajmilt i ymawlan. Tajmilt di tejmilt.

Teḍṛa deg usegwas n 1930. Imiren timesrifgin neɣ aṛublanat mačči am tura, akken kan bdant a zeggrent lebḥaṛ. Tella yiwet n tkubanit n usiweḍ n tebṛatin ger tmurt n Laṛjentin d tmurt n Cili. Mačči dayen isehlen imi yal abrid ilaq ad ḍilen i wedrar iwumi qaṛen la Cordillère des Andes. D adrar aɛlayen. Akken kan ad twalim amek aɛlay, taqacuc-is tamaɛlayant tesɛa 7000 n lmitrat di tiddi[17]. Taqacuct akw tamaɛlayant deg udrar-nneɣ n ǧeṛǧeṛ tesɛa 2300 n limitrat. Mačči yakw d taqṛint[18]

Azgar i wedrar-agi mačči dayen isehlen imi ittili wedfel, ittili waḍu u yarnu tettembedal degs tegnewt si teswaɛt ar tayeḍ. Yal tikelt mi a t-zegren widak ittnahaṛen aṛublanat-nni, am akken si laxaṛt i d-uɣalen. Yal asrifig d ṭwal. Ass-nni, iṛuḥ yiwen iwumi qqaṛen *Guillaumet*. Tignewt[19] texsaṛ, dacu inna-yas amar ayen deg ar awḍeɣ s adrar ad tesmawi. Mi yebbweḍ anda nnumen ṭillin i wedrar, yufa abrid i ttaɣen irgel seg wagu. Ur d-ibrin ara s ansi yeqlaɛ, igger iman-is a yettnadi anda ad yaf cqayeq ad iɛaddi. Inuda, inuda ulac.

Tuɣal aṛublan ikfa-yas wayen s wayes tetteddu. Ad tars neɣ ad teɣli. Alami qṛib ad iqḍaɛ layas, iban-as-d yiwen ubeṭaḥḍaḥ[20], iɣewwes ɣuṛ-s.

---

17 Tiddi : hauteur.

18 Mačči d taqṛint : ce n'est pas comparable

19 Tignewt : ciel (souvent au sens météorologique)

20 Abeṭaḥḍaḥ : endroit découvert et plat.

D winna, neɣ ḍ aɣlay s acṛuf. Iweha aṛublan ar ɣuṛ-s, ikerrec tuɣmest...

Akin i wedrar, aṛğan-t ur ibbwiḍ ara. Indah unadi fell-as. Ger widak-nni yettnadin illa *Antoine de St-Éxupéry* imi d amdakwel-is uyarnu ula d netta ixeddem di tkubanit-nni n usiweḍ n tebratin.

Nudan s aṛublanat akw illan wejdent. Asmi aɛeddan 5 n wussan, uysen, bran i wnadi. Deg wul-nnsen ḥesbent immut, iččа-t wedrar s netta s aṛublan-is. Qqaṛen-as immut mi d-ɣli aṛublan,neɣ ma yeslek, seg wassen ar ass-a ur ittidir ara.
Ass wis xemsa tameddit, ibweḍ-d lexbaṛ akken yiwen n umeksa deg udrar, yufa argaz a yleḥḥu amzun d ulaxaṛt[21], a yeshetrif[22], ikfa degs ufud, ciṭ n lxiḍ kan i t-id iṭfen idder. Ur izṛi isem-is, ur izṛi ansi i d-ikka neɣ aniɣaṛ a yteddu. A yleḥḥu daya. Ahat ur izṛi ara yakw a yleḥḥu.
D *Guillaumet*.
Asmi i t-id-idwel laɛqel, tuɣal-it-id tezmert, imla-yasen-d.
Inna-yasen, mi welheɣ aṛublan ar s abeṭaḥḍaḥ-nni, ur zṛiɣ dacu yellan s ddaw udeffel. Nefṣ d tarusi, nefṣ d aɣlay. Mi i d-ldiɣ allen-iw, ufiɣ-d ɣumeɣ deg udfel. Nsiɣ di aṛublan yiwen n yiḍ imi ḍmaɛɣ ad iyi-yafen widak ad yasen ad nadin fell-i. Azekka yin, imi ulac win i d-iḍalen, kreɣ af yiman-iw bdiɣ tikli. Mi aɛeddan tlata wussan, leḥḥuɣ amzun di targit, d iḍaṛen-iw kan a diyi-zuɣuṛen. Yal aḥurif qqaṛeɣ-as d anegaru...
Nnan-s: Telḥiḍ 5 n wussan, twalaḍ degmi qqaṛen tudert ur tesɛi ara azal.
Imuqel-iten-id inna-yasen: ur lḥiɣ ara akken ad idireɣ... Imiren kseɣ akw seg wul-iw ṭmaɛ n tudert. Ar ɣuṛi ad iyi-yečč wedrar-nni.
Tikelt tamezwarut ɣilen a yettnecṛaḥ kan yid-sen. Mi wallan s tidett, nnan-as: imi tezṛiḍ ad temteḍ, teqḍaɛḍ layas, iwumi tkemmleḍ a tleḥḥuḍ? Ayen ur teẓileḍ ara deg udfel meqqaṛ ur tettaɛziṛeḍ[23] ara iman-ik?
Inna-yasen: A leḥḥuɣ akken ad xtiṛaɣ amkan iwulmen ad mmteɣ degs.
Muqlen-t am akken ur fhimen ara, neɣ am akken cuken mazalt a yeshetrif.
Ḥaren ma ad kemlen asteqsi neɣ ad as-anfen simi ad yuɣal di laɛqel-is.

---

21 Ulaxaṛt : mort. Ici mort-vivant.
22 Shetref : délirer, divaguer
23 Aɛzeṛ : torturer.

Isefhem-asen-d. Inna yasen: bɣiɣ ad mmteɣ anda ad iyi-yafen imeksawen mi ad tezzi tefsut, mi ad ifsi wedfel. Ttnadiɣ azṛu anda ad sendaɣ Igetta-w ur tt-ttawin ara waman. Bɣiɣ ad mmteɣ anda ad iyi-yafen, imi ma ur diyi-yufin ara, at wexxam-iw ur dasen-d-ttak ara "*l'assurance*" idrimen af Imut-iw. Ihi ayen akw i lḥiɣ, maččí akken ad idireɣ, lḥiɣ akken kan Imut-iw ur teggar ara axxam-iw di lḥewj[24].

Ababat maččí kan ittidir i warraw-is, ula di Imut itthebiṛ fell-asen. Ula mi a yeshetrif, ur izṛi anda yella, axxam-is mazalt iččuṛ ul-is.
Imawlan... awal amezwaru, ɣuṛ-sen i t-nlemmed. S yenna ntteffeɣ, nlemmed-d di beṛṛa ayen nniḍen, nettidir tudert-nneɣ, nettidir timucuha-nneɣ, nettmlili-d medden wiyaḍ, nzewweǧ, nettinig. Dacu, ad nṛuḥ ad nṛuḥ, ad d-nuɣal ar s ayen akken i nelmed ɣuṛ-sen. Mazal ad t-id-nesmektay xas akken netɣil nettu-t.
Ayen akken ẓẓan deg wul-nneɣ, xas ad iɣum acḥal iseggwasen, simi nettimɣuṛ simi i d-ikeffel. Mi yekfa yakw wayen i d-negmar di tmeddurt-nneɣ, ad nedlu af ayen zṛaɛn imawlan deg-wul nneɣ, ad t-naf mazalt a yeǧǧuǧǧug.
Aɛwin[25] nebbwi seg imawlan, d amezwaru d anegaru.

Ayen i d-nelqweḍ seg imawlan
D aɛwin-nneɣ amezwaru
Igweri-d mi aɛddan wussan
D ɛwin-nneɣ anegaru

Dacu i d-igwarrin deg wul? Dacu i d-mazal deg wul-iw?

Taftilt i diyi-ǧǧuǧgen deg wul
Asmi yella d aleqaq
D baba mi diyi-d-ittmuqul
D yemma yal mi d-nṭaq
Ar ass-a a tettmucɛul
Ar ass-a mazaltt a tṛeq
Dacu i d-mazal deg wul-iw

24 Lḥewj : besoin, manque, indigence.
25 Aɛwin : viatique.

Deg wul-iw i tesdeqdeq
Am tawla di ṣmayem
Deg igenni-iw mi d-teṭaṛdaq
Am lebṛaq di ḥaṛtadem[26]
Yir tayri xas ur tneq
Mi teffeɣ ad k-id-eǧǧ d ilem
Dacu i d-mazal deg wul-iw

Deg wul-iw mi akken ntan
Iceqwfan n targit-iw
Ziɣen s ṭul i sebwan
Karfen lebɣi-w ittisliw
Mi aɛbwleɣ ḍegṛeɣ aman
Seddaɣ iclem d yibiw
Dacu i d-mazal deg wul-iw

Deg ul-iw dacu yeẓan
Dacu i yefkan taglult
D tayri zedigen am aman
D tinna i sɛiɣ d taɛzult[27]
Zik netta d tasa-w bḍan
Tura zduklen taqesult
Dacu i d-mazal deg wul-iw

Deg wul-iw dacu i d-igwran
Nek d-yuɣalen si kulec
Mi akka ineẓḍ aberkan
Deg uqeṛṛu yiw d aḥiwec
Taftilt-nni saɣen imawlan
Yis i mazal a nqedec
Daya i d-mazal deg wul-iw

---

26 Ḥaṛtadem : automne

27 Taɛzult : trésor, pécule, jardin (ou parcelle) réservé. Par extension jardin secret.

Qim kan a Ccix!

Qim kan a Ccix

Macahu ad nebdu tadyant...
Maca ad iyi-tesurfem, tagi ur zṛiɣ ara melmi ad tekfu. Keffu ad tekfu akken ilha, melmi, d tamacahutt tayeḍ.
Tamacahutt-agi maččči am tigad-nni n temẓi, keffunt akken ilha mi ad nebdu nettnudum.
Ad tekfu akken ilha, xas ad tiɣwzif. Imi seg wasmi i d-necfa, nekwni s leqbayel akken i das-ihwa tesmermed-aɣ teswaɛt, mi tezri, nettenkar-d. Degmi i aqlaɣ, mazal-aneɣ, xas maččči d yiwet i daɣ-d-yaɛnan.
Mazal-aneɣ imi nɣelli setta ibardan, nettenkar sebɛa n tikal. Seg asmi i d-necfa, nettenkar. Ula d tikelt-agi ad nekker seg-s. Yarnu yal mi nekker, nettaf-d iman-nneɣ, nenarna af asmi neɣli. Tazmart i swayes i d-nettenkar tettugar facal i swayes i nɣelli. Dayen i yettağan widak i daɣ-d-iɛanun zgan tḥeyṛen.

D tidett tamacahutt i deg i nella d tuḥzint.
Ur tbedu ara s "*illa yiwen wass di zman n zik...*"
Iamer yiwen wass dacu i daɣ-yuɣen! aqlaɣ yal ass...
D acu-tt tmacahutt-agi?
D tamacahutt-iw, d tamacahutt-ik, d tamacahutt-nneɣ s leqbayel. D tamacahutt iḥuzan akw tiwaculin n leqbayel.
Ulac tawacult i d-izzin i lkanun, ur iqqim ara xaṛsum yiwen umekkan d ilem. Dɣa tamuɣli tettezzi kan ɣuṛ-s. S amḍiq ilem i wuɣuṛ tettakwer tmuɣli. D amḍiq iqqimen d ilem i yttačaṛen tamuɣli. Wa iteqen allen akken ur d-ttwalin ara wiyaḍ tagut i tent-id-ittalin; wa iseffeḍ-itent s tuffra akken ur isendaf ara wiyaḍ

Meyya n tmucuha deg yiwet n tmacahutt. Tamacahutt af meyya n tmucuha...

Timucuha-nneɣ mxalafent akken i d-bdant lamaɛna kif kif i kfant. Negwra-d agwemmaḍ ikka lebḥaṛ ger-aneɣ. Yal wa d tiyita i t-id-ibbwin.

Tiyitiwin mxalafent, lğerḥ kif kif.

Xas ma tikwal lğerḥ ittemxalaf, idamen d uqdaḥ kif kif.

Am iferawen yal wa ansi i t-id-ibbwi waḍu, timlilit-nnsen ar yiwen n wasif. Asif n lɣweṛba.

Nehmej akw di tektunya[28]
Teqqim-aneɣ di ttnaṣfa
Tugi ad tṣub tugi ad tali
Ur d-tettṛuḥum ur n-nttezzi
Kwenwi din, nekwni dagi

Kwenwi iwaɛṛ nekwni ur ishil ara!

Mi a teğğeḍ tamurt-ik d lmeḥna, mi a teğğeḍ taddart-ik d snat, imi:

Tamurt d tikti kan
Ma d taddart d imdanen
Tamurt d isem kan,
Ma d taddart d udmawen

Meqwṛet tyita. Tewwet am uderɣal. Win tezzwer idda. Idda wuḥdiq af umcum, idda uzegzaw af uquṛan.

Ayɣeṛ i d-nenfa, ayɣeṛ i kwen-in-neğğa. Yal wa d tamacahutt-is. Timucuha-nneɣ d lexyuḍ swayes i tezḍa tmacahutt n tmurt.

Akken i das-inna Ccix Lḥesnawi: Wa s uqenduṛ wa s ucekaṛ, s uṭaksi ikker uɣebaṛ ar *la Maison blanche*

Ur ifri anwi i d amcum, d win iṛuḥen neɣ d win iqqimen.

Anwa ad as-yinnin i Ccix Lḥesnawi, taɣuct icna acḥal aya mazal-itt a daɣ-d-teqqaṛ d acu iḍaṛun ass-agi di tmurt! Ad as-tiniḍ iḍelli i tt-yura.

Ula d netta iṛuḥ ad fell-as yaɛfu Ṛebbi. Iṛuḥ ur t-neẓṛi ur mazal ad t-nẓeṛ.

Tajmilt i targit deg-s ishel kulci.

---

28 Taktunya : coing. On y fait référence pour décrire tout ce qui, au propre et au figuré, reste en travers de la gorge, qui est difficile à avaler.

Mlaleɣ-d Ccix Lḥesnawi, bɣiɣ ad as-ḥkuɣ tin iḍṛan di tmurt.

Mi t-twalaɣ, uzleɣ ɣuṛ-s nniɣ-as:

-A Ccix lamer ad tezreḍ tin iḍṛan! Tuɣal-d trewla-nni iwumi tḥedṛeḍ di lgerra-nni n laẓ! Akken i tt-tenniḍ imiren ar ad tḍaṛu ass-agi. A nettales i lmeḥna s wadda, si tsuta[29] ar tsuta. D tiyita n tsuta-nni-nwen ayagi i d-izzin fell-aneɣ.

Inna-k:

- Amek mazal a regwlen si tmurt? Dɣa d tidett? Ɣileɣ acḥal aya iseggwasen mi tekfa trewla?

Nniɣ-as:

Acḥal tura iseggwasen
A Ccix i daɣ-d-teğğiḍ awal
D aqṛuṛ mi tḥedreḍ-asen
Tura aqla-k tzedɣeḍ akkal
D acu a Ccix i ybedlen
Tura a regwlen s usarwal

Irra-yi-d :

- Amek acḥal aya iseggwasen, mazal a teẓẓaḍ deg-neɣ taluft, ulac ayen ibeddlen? D tin n baba-s i yuɣen mmi-s? Ur tbedel ara teswaɛt?

Nniɣ-as:

- Abeddel a Ccix aṭas i ybedlen, tura ulac akw tuɣalin:

Zik meqqaṛ mi ttinigen
Wa af tzeqa wa af uḥṛiq
Saramen ad d-uɣalen
Ṭmaɛ isifsus ṭiq
Tura segmi ar a ffɣen
I zṛan d tawafɣa ubaṛiq

Ičeḥ-d deg-i tamuɣli, am akken tagi n tinigin n ulac tuɣalin yugi ad tt-yamen. Inna-yi-d:

- Amek ur d-ttuɣalen ara? Zik anda i dasen-ihwa ddan ur tettun ara tamurt, amzun timiṭ-nnsen mazal-itt tcud ar ɣuṛ-s. Ula d nek xas

---

29 Tasuta : Génération

akken fɣeɣ tamurt, nettat laɛmeṛ teffiɣ seg ul-iw.
Iqqen allen-is, am akken iṛuḥ laɛqel-is, inna-d s ttawil kan:

Zedɣeɣ di tmura nniḍen
Tamurt-iw tezdeɣ-iyi
Suṛa tettili d medden
Laɛqel di tmurt i d-imɣi

Rriɣ-as:

-Uh buh a Ccix, tura maččí am zik:

Zik am tmiṭ[30] n lufan
Lxiḍ n tmurt i ten-icaden
Anida i dasen-ihwa ddan
Ittnejbad ur t-sɣeṛsen
Tura si zyada n wurfan
Gežmen-t uqbel ad ṛuḥen

Iwala-d deg wallen-iw d tidett i das-qqaṛeɣ. Dacu mazal am akken yugi ad yamen. Iwaɛṛ ad tamneḍ ayen a d-iḍaṛun! Isusem, am akken isewaq laɛqel-is. Iskuki, inna-yi-d:

- Dacu a ten-isarwalen akka? Ɣileɣ lgerra tfuk, iṛumyen fɣen, laẓ ifuk! Neɣ illa daɣen win i d-ikecmen ar tmurt, a ten-ineffu?

Rriɣ-as:

- Lukan d laẓ a Ccix ad sebṛen am nitni am imezwura. Imesdurar zemren i laẓ, zemren i usemmiḍ. Lamer illa win i d-ikecmen, ad t-qazmen akken i tquzmem kwenwi afṛansis. A Ccix, tin i ten-yuɣen, taɛdda i laẓ.

A Ccix aṭas i tecniḍ
Af laẓ d wid inḥafen
Lgerra-nni iwumi d-tecfiḍ
Nerna snat nniḍen
Ur ten-infi laẓ d usemmiḍ
Regwlen af yir wallaɣen

Am akken ur diyi-d-isli ara. Mazal kan iceɣwb-it laẓ-nni
ikkan fell-as d win iwumi yeḥdaṛ ikfa tuddar. Inna-yi-d:

30 Timiṭ : Cordon ombilical. Nombril.

- Ihi mazal lluẓen medden msakit, mazal tikli af uḍaṛ?

Nniɣ-as:

- Uhbuh a Ccix aɛzizen, tura tekfa tikli af uḍaṛ, ad twehmeḍ:

Tura iṭaksiyen am uɣebaṛ
Ad as-tiniḍ d imɣi i d-meqqin
Seg akken a Ccix a neqqaṛ
Nettu amek i d-meqint temẓin
Wid i d-ibanen ufan sbaṛ
Uṛɛad kan i das-ukin

Iban-iyi-d am akken itḥeyeṛ. Ula d netta aɛṛqent-as.

Ṛğiɣ ma illa kra ad iyi-d-yinni, ihuz aqeṛṛu-s iṛuḥ iğğa-yi-d. Tanafa tegger-d yis-i.

Ayen akka a neffun...

Yal wa dacu i t-infan, yal wa af aydeg inufaq.

Ayen iddemiren amdan ad yinig, izmer illa d tidett, izmer deg uqeṛṛu-s kan. Acu ɣuṛ-s netta d tidett, imi akken i yettḥulfu, akken i yettwali. Yal wa d tidett-is.

Ar yiwen akken i tella teswaɛt, ar wayeḍ dayen ur nelli, d lexyal. Tidett-ik izmer ad tili ar wayeḍ dayen ur nelli, d lexyal kan, dɣa mi i k-iwala ad as-iqqaṛ aḥlil.

Daɣen, ayen wayeḍ ittwali d tidett, izmer ad yilli ɣuṛ-k d lexyal kan, dɣa d keč a das-iqqaṛen aḥlil a tidak-agi a yttezzin deg wallaɣ-is.

Wisen anwa i yuklalen aḥlil.

Imi amdan s wallen-is i yettwali mačči s wallen n wiyaḍ, tidett dayen ittḥulfu netta.

Win tesaweḍ teswaɛt alami yunag, iğğa tamurt d wid i t-iḥemmlen, d lexyal neɣ d tidett, tiyita iwumi iḥulfa tettaqṛaḥ. Akken i das-ihwa yufa tagwnitt[31] di tmurt anda i das-ibra waḍu, win ittnafaqen ittağğa nefṣ seg wul-is di tmurt-is.

Acu tikwal tesawaḍ tegwnitt menyif ad yinig wemdan xas ad iğğ nefṣ deg ul-is wala ad iqqim ad t-iğğ laɛqel-is s lekmal-is.

Ayen akka a regwlen? Ayɣaṛ yal tasuta tḥuza-tt tyita? Ayɣeṛ tasuta tettağğa-tt-id i tayeḍ?

31 Tagwnitt : situation, moment.

Ayɣeṛ....

Axataṛ iččuṛ wul.

Ul ur izmir ara ad iqqim d ilem. Ul am teylewt[32], mi teččuṛ ad tbed, mi teqqim d tilemt ad tenexsusef ad teɣli....

Di tazwara, mi ara t-mazal d aleqqaq, ul ittaččaṛ d tirga. D tidak i d aεwin-is. Uɣalent tirga-nni nejlant, iqqim d aɣwjaj[33]. Ul, ur izmir ara ad iqqim aṭas d ilem. Ilaq ad iččaṛ.

Iqqim d ilem, segmi i yufan ɣuṛ-s abrid wurfan, ččuṛen-t. Ččuṛent alami qṛib ad ifellaq. Ččuṛent akken teččuṛ tmelalt, alami ulac ansi ad iaεdi ula d inez̧d, n usirem.

Mi yejbed tugi ad teddu
Mi yestaεfa yis ad teglu

Yal wa dacu i das-iččuṛen ul.

Wa d demmaṛ n tmurt, wa d demmaṛ n widak iṛğa ad ldin abrid, ad aṛz̧en asalu, tagara rran tibbura, bwin-tt s acṛuf. Sferɣen-as ayen akw ittargu. Nettat targit:

Ma teṛṛez̧ ur tjebeṛ ara.
Abaεda tirga n temz̧i
Jebeṛ-itt akken i dak-ihwa,
Ad as-d-ittban iɣisi.

Wayeḍ infa imi iṛğa ad as-rren ciṭuḥ n tejmilt, af ayen akw iqdec, tagara ttun-t maḍi.

Ayen akw inuḍaḥ[34] ayen akw isebbel. Kra din ttun-t.

Tidett ur bɣin ara medden msakit ad t-ttun, lamaεna ddunit-agi am uɣaṛef, tezwer-d d tirni, tezḍa kulec, tesufeɣ laεqel i yemdanen. Ulbaqi bɣan medden ad t-id-smektayen, ad as-rren tajmilt. Izwar wayen izwaren. Imdanen taεbba-yasen ddunit

Mi a aεbbint tuyat, a ttettwaliḍ kan anda a teggareḍ iḍaṛen-ik, ma ulac ad teɣliḍ. Ur tezmireḍ ara ad tettwaliḍ ar zdat. Ur tettwaliḍ ara ula d widak iεabban am keč.

---

32 Taylewt : sac en peau de mouton (pour la farine et les céréales)

33 Aɣwjaj : creux, vide. Désigne aussi un petit contenant fait de roseau, bouché à l'extrémité par un bouchon de liège.

34 Naḍeḥ : lutter, se battre pour une cause.

A tteggaṛeḍ aḥurif zdat wayeḍ daya. Yal aḥurif ad twehmeḍ amek i t-arniḍ.
Dɣa ulac akw ul-nni ad yinin wali izeğğigen i d-imɣin rif n webrid...
Bu taɛkumt ur d ittestufu ara i yzeğğigen, ittwali kan ger iḍaṛen-is. Af ilmeẓyen tuɣal ddunit d taɛkumt. Ula d niteni s yiman-nnsen ttḥulfun uɣalen d taɛkumt af wiyaḍ.
Netta, nngar n ddunit ma ula d ilmeẓyen ur ttwalin ara izeğğigen.
Nngar n ddunit ma ilmeẓyen ur d-ceɣwlen ara d izeğğigen.
Izeğğigen meqqin-d akken ad ten-id-kksen ilmeẓyen. Neɣ ula iwumi-ten.
Nngar n ddunit ma ilmeẓyen aɛbban alami ttmuqulen kan zdat-sen ma ulac ad mkarfafen.
Nngar n ddunit ma ilemẓi yuɣal am uzger afelaḥ, ṣbaḥ qqen, tameddit bru, deg iḍ err ifeẓ i wayen akw i tzegleḍ neɣ i k-izeglen. Yal wa amek.

Tuɣaleḍ am uzger afelaḥ
Jbed azaglu tareḍ ifeẓ
Yal mi a k-qqnen ṣbaḥ
Ttṛağu lmaɛun ad iṛṛeẓ
Tamed dit mi dak-iseraḥ
Tfuk tezmert i wnegez

Wayeḍ inufaq imi iḥulfa tamurt tqecem-as tirga-s,
tesfuger-as tayri-s. akken kan i d-gma, tcaref-itt...

Tamacahutt i daɣ-d-iṣuḥen
Mi tebda i d-gla s keffu
Tebweḍ ar tizi izeğğigen
Targit ileqem-itt beṭu
Lamer nezṛa ad aɣ-d-yasen
Tili ahat ur tt-nbeddu

Wayeḍ infa imi yetthulfu ma yeqqim di tmurt tewsar ad as-d-zwir temẓi.
Nnan-as ilha sbaṛ, yaɛya deg-s.
Nnan-as ilha uḥezeb, imal-it.
Akken i das-ihwa yaɛbaṛ isenɣel, yiwet n tebburt kan ad as-d-ittbanen. D tarewla. Ula d tina tsekwaṛ!

Aṭas i sebṛeɣ, degmi i sɣaṛseɣ
Ad teddu neɣ ad tequṛmeḍ

Aṭas i ḥezbeγ alami curfeγ
Di laεmeṛ uṛaεd nesaweḍ
Aṭas i sebṛeγ aṭas i sarmeγ
Nettat ziγ simi a tzemmeḍ

Wayeḍ irwel imi yuki am akken tebbweḍ-as tyita alami iḥulfa ibda a yettasem ula seg ifrax illan di lqwebz. Iqqaṛ-as, ifrax illan di lqwebz meqqaṛ mazal ahat igwra-d deg ul-nnsen ciṭ n usirem yibbwas amar afus i ten-ikublen ad ittu taburt n lqwebz teldi, ad srifgen.
U yarnu, tikti akw i t-iceɣwben aṭas, iqqaṛ as: afrux n leqwebz ittɣaḍ medden, wama nekkini, di lemzi, ur nettɣaḍ ula d yiwen. Xas netta igzem ul n waṭas n imdanen, lamaεna ɣuṛ-s ulac win i t-iwalan, ulac win ittɣaḍ. Xas maččі d tidett, lamaεna netta akka i yettḥulfu. Tidett dayen ittḥulfu wemdan, maččі dayen illan.
Wayeḍ inufaq imi maččі d yiwet, acḥal a ttembabant fell-as. Maččі d yiwet ad as-yar leḥsab...

Xtiṛ a yul ad nenafeq
Neɣ ad neqqim ad nfellaq
Ma yella nfaq d amqenin,
Nfaq n temɣwaṛ d sin.

Yal wa d tamacahutt-is.
Tamacahutt af meyya tmucuha, meyya tmucuha deg yiwet n tmacahutt.
Wayeḍ irwel imi yebbweḍ alami yettḥulfu tebren tasa n tmurt-is fell-as. Ur degri ara ma d ṣaḥ neɣ d tikerkas, netta aken i das-iḥulfa.
Ɣuṛ-s tamurt-is ulac nnig-is, d nettat kan i das iččuṛen ul. Ifka-yas kulec: tazmart-is, asirem-is, temẓi-s. Tagara yuɣal ittḥulfu am win ittṛağun di ya n baba-s ad tt-iɣaḍ.
Netta ɣuṛ-s d tamurt-is i d kulec, tamurt-is laεmeṛ i t-ḥsib. Dayem tḥesb-it d arbib igunin tabburt.
Iqqaṛ-as: seg-s i d-fruriɣ, yibbwas ad iyi-d-wali. Maččі d maḥyaf[35] i tegga, d laεqel-is kan i mazal ad t-id-jmaε.
S yenna ad-iyi-d wali, s yenna ad targagi tasa-s, ad iyi-taεqel d mmi-s.Yak nek segs nettat deg-i.

35 Maḥyaf : Discrimination.

Iṛğa aseggwas, iṛğa sin...iṛğa aεcṛa...aεcrin...
Yibbwas yarfa, infa, inna:

Tamurt-iw
Nettwali-kem am tyematt
I d-ikkan nig tyematin
Ikfa lmidad di tedwatt[36]
Deg damen-nneɣ i t-nessisin
Kem tesuṭḍeḍ yir tagmatt
Nekwni d irbiben igunin

Tamurt-iw
Warğin i tt-nehdi i tmeṭṭut
Tayri-nneɣ warğin tuknaw
Mi nebḍa yid-m nemmut
Aḥemmel-im ɣur-neɣ sellaw
Ass-a ad nadiɣ tamurt
Tina ad iqeblen tirga-w

Tamurt-iw
Am tin iğlen d tamejṭuḥt
Nekwni i deg-m nettaεuzu
Kem mazal tettkaw takurt
Mi a tebduḍ ahuzu
D yir iɣil i tesummut
Tin akken ittɣuṛu zhu

Tamurt-iw
Acḥal aya i ten-tbubeḍ
Acḥal d tacmatt i dam-aεlqen
Acḥal leğnas i tesufɣeḍ
Wigi snen ad am-selfen
Ula d asmi i tzelzeḍ
D imaɣban i tent-yuɣen

Tamurt-iw
Idder yiles-iw a yteqes
Tamurt i deg d-ifruri

---

36 Tadwatt : encrier.

Ur nessiḍ almi nuyes
Reffu d gmas n tayri
Ur nugi ad kem-nefres
Lamaɛna xarsum sḥedwi

Tadyant-agi n tmurt, d tamacahutt isduklen akw imdanen. Tessaɣ am wedfel ɣef tmurt n leqbayel, ur tezgil tawacult.
D acu iɣelben tadyant n lɣeṛba, d tadyant n ceḥna. Mi a yili win iṛuḥen icuḥen win iqqimen, win iqqimen icuḥen win iṛuḥen. Netta kif kif, d sin wudmawen n yiwet n tyita: winna akken iṛuḥen, tasa-s d wid n-iqqimen; winna iqqimen, ul-is d wid iṛuḥen.

Ur diri win iṛuḥen
Ur yif win i n-iqqimen
Diri kan win ikkaten
Winna akken iṛuḥen maɛduṛ
Win iqqimen d lḥeq-is,
Yiwet d tamelalt n laɛcuṛ
Tayeḍ inqeṛ-d ufrux-is
Yiwen deg wefrag i d-izuṛ
Ma d wayeḍ ibaɛd usfel-is
Yal wa amek i das-teččuṛ
Ur iksan ḥed lehlak-is

Tabarda-nni yif ṭfaṛ

Tabarda-nni yif ṭfaṛ

Anwa deg-neɣ, mi ad t-id-yar lḥiḍ, ur ittraǧu ara, xaṛsum deg ul-is, win ad as-imlen abrid?

Anwa deg-neɣ, asmi yenekmumer[37], ur imuqel ara ansi ad yek win ad as-imlen tabburt ?

Meqqwaṛ neɣ meẓiy, amdan, ger kan win i d-ittqiṛin[38] d win iteffren, mi teḥṛes fell-as, ittnadi ulama d lexyal ad as-isnaɛt tizi n leslak.

Win ad yinin, werǧin yurga amɣaṛ azemni ad t-isteqsi, ha yeskadeb, ha aḥlil ad yefk Ṛebbi cfa.

Amɣaṛ azemni.

Nezga nsel i wawal-agi.

Tikwal nettɣil imɣaṛen izemniyen, ttilin kan di tmucuha. Nettɣil azemni d amɣaṛ, tamart d tamellalt alami d idmaren, iceṭiḍen d imellalen, udem-is ittnuṛu, ad t-waliḍ kan ad t-taɛqleḍ, imi tettban af udem-is tizumna, ittṛaḥ d lehu am akken izeǧǧigen ttraḥen d lmesk. Ulamek ur t-ttaɛqaleḍ ara.

Amɣaṛ azemni, izmer ad yilli maččí yakw d amɣaṛ. Izmer d tamɣaṛt.

Izmer d ilemẓi!

Izmer d winna akken i twalaḍ di taddart ikka-d si lexla, inheṛ-d aɣyul, iaɛbba-d ula d netta asɣaṛ af tayett-is. Neɣ ahat d winna akken i twalaḍ deg webrid, i yiṭij, iceṭiḍen llan kan, liḥala am tina-yin-k neɣ ahat ddaw, a yettṛaǧu win ad t-iɣiten ad t-yawi s tkaṛust.

Ahat maḍi d winna akken di tejmaɛt a yettmeslay ulac win i das-ifkan akw awal. Ma yella win i das-ismeḥsisen s leḥya kan.

Iwaɛṛ ad tamneḍ d winna akkeni qṛib akw tettun di laḥsab n taddart, i d

37 Nekmumer: être dans une situation difficile.

38 Qqiṛ : avouer

azemni. Seg yimi-s i d-tetteffeɣ tidett. Lamer nesmeḥsis i wayen i d-iqqaṛ ahat ur daɣ-mazal ara andaka i d-negwra.
Iwaɛṛ ad tamneḍ imi daɣ-izehhu wayen ittilin s ufella.
Amɣaṛ azemni, sɛayan-is zdaxel i tella. D axeṭay kan i yzemren ad tt-iwali. Ahat ala win illan ula d netta d azemni i tt-ittwalin. Akka i tḍaṛu Mi a tettwaliḍ kan s wallen.
Dacu-t uzemni? Dacu i d tizumna?
A baba amɣaṛ azemni, keč d tabarda nekwni d ṭfaṛ, ay awal i d-nniḍ ad t-neḍfaṛ
Amɣaṛ azemni, d netta i d limaṛa i wuɣuṛ ttmuqulen medden akken ur dasen-ittaɛṛaq ara webrid.
Mi tenekmumer fell-asen tegwnitt, a t-id-smektin medden, a d-ttnadin fell-as akken ad asen-d-isban tafat.
Amɣaṛ azemni ɣuṛ-s i teqnen wallaɣen n imdanen, am lembwabaṛ mi a ycebwel lebḥaṛ. Ma ur qinen ara ar rrebg[39] ad ddun di tnifift.
Lbabuṛ n wuzzal, d iqwcem n tmellalt ger n lmujat.
Akkeni i teḍṛa yid-nneɣ mi d-icebwel lebḥaṛ n tudert di tmurt. Mi nezzi ar s imɣaṛen-nneɣ izemniyen, tagwnitt af i nḍal diritt: tamusni i daɣ-d-ğğan izemniyen imezwura ur das-negi ara leqṛar. Ibaɛd wanda teḥnunef.
Izemniyen i d-mazal, am akken bḥebḥen, seg wakken aṭas aya segmi a d-sawalen nekwni ur nesli ara neɣ ur nesemḥes ara. Ulac aɛẓug nnig win ur nebɣi ad isel.
Widak-nni laɛmeṛ ttun azal n tmusni, azal n teqbaylit, qṛib ur nesaweḍ deg-sen taṛwiḥt. Acḥal ur ten-nwala imi qnent wallen-neɣ.
Dacu iqnen allen-nneɣ?
Amdan simi ileddi aqemmuc-is simi teqnent wallen-is. Nekwni neldi iqwemmac-nneɣ alami d anda ur nezmir.
Ur tezmireḍ ara ad teldiḍ aqemmuc-ik yarnu ad qiment wallen-ik ldint. Yiwen ad k-id-iṣaḥen

Seg wakken izemniyen-nni-nneɣ ugaden ad zemment wallen-nsen, ad dreɣlen am nekwni, ṭfen-tent ldint. Akken ad qiment ldint, zemmen imawen-nnsen. Alami qṛib ur ufin amek ad seblaɛn lqewt. Yal yiwen amek ixtaṛ: ldi imi-k, neɣ ldi allen-ik. Yal wa akken i das-ifka wul-is. Izemniyen,

39 Rrebg : lien, attache.

teḍṛa yid-sen:

Am uzaṛzuṛ aweqqaf[40]
Netta yɛus niteni tetten
Aḍu i d-isuḍen ad t-yaf
Atmaten-is a ttfaṛasen[41]
Aḥlalas mi d-imxulaf
niteni zemren ad afgen...

Acḥal d aseggwas...
Tikwal seg akken nleddi nezah iqwemmac-nneɣ nettzemim allen-nneɣ, ur ten-nettwali alama naṛkeḍ-iten. Imi zegwiren-aneɣ ar zdat akken ad aɣ-d-qaṛaɛn af ucṛuf.
Niteni ur d-ttcetkin ara. Ceɣwben-d kan deg usḥebiber[42] af teqbaylit. Awi-d kan ad tt-ḥadren ur tt-nṛekkeḍ ara nettat. Af yiman-nsen aɛmden.
Xas sya ar da nṛekkeḍ-iten, ur daɣ-cuḥnen ara.
Zṛan allen-nneɣ qnent. Ur neksan ara. Niteni d uḥdiqen.
Xas akken aɛtben, feṛṛḥen qqaṛen-as: yiwen wass ad ldin allen-nsen, ha ad aṛwun..... neɣ ad yiṛzig wayen a tetten dɣa ad zemmen iqumac-nnsen ad ldin allen-nnsen, ad d-afen neffer-asen taqbaylit-nnsen.
Taqbaylit...
Taqbaylit, ur izmir ḥed ad tt-inneɣ. Ur izmir ḥed...ala imawlan-is ma stehzan-degs.
S imawlan-is, i tettidir. A melmi i das-xḍan, ad teselqaf.[43]
Yarnu ur hcict[44] ara. Abeṛṛani akken i das-ihwa ijbed, s tmes d wuzzal. Ma d imawlan-is, mi i tt-ǧǧan ad temmet.
Yarnu ur das-teqqaṛeḍ ara ilaq medden akw ad ṭfen deg-s iwaken ad teṭef taṛwiḥt. Awid-kan yiwen i meyya, ad tidir.

Nezga mi d-nebder awal n uzemni ad neseddu yid-s awal n wemɣaṛ. Iteddu yid-s am urbib. Nezga neqqaṛ amɣaṛ azemni. Amzun tizumna d

40 Aweqqaf : guetteur, sentinelle, vigie.
41 Faṛes : profiter, saisir l'occasion (avant qu'il ne soit trop tard)
42 Seḥbiber : protéger, défendre, couver (au sens de surprotéger)
43 Selqef : agoniser, rendre l'âme.
44 Hcic(et) : fragile.

tmusni, d cib. Llan caben, d idarɣalen, llan mazal tuaɛlac[45] swayes ṭḍen, ččuṛen d tizumna.
Temɣwaṛ tesemɣwaṛ kan ayen illan deg umdan, ama yelha ama dirit.
Temɣwaṛ ur d semɣay la tizumna, la laḥdaqa la taqbaylit.
Ccib ittemmal-d kan iseggwasen imbaben af umdan mačči d tamusni i t-iččuṛen.
Akken ula d leqṛaya, trennu kan s ufela am ṛiḍa n tmellalt. Leqṛaya ma terna af leḥdaqa, af teqbaylit ad as-tarnu afud, ma terna af ayen hcicen ad as-tefk lǧehd n wuffal. Leqṛaya d tissi[46] tarqaqt, ciṭ kan akka ad tafeg, ma ur das-issi ara wayen iǧehden.
Acḥal d abrid i neɣleḍ. Anda akken i nɣil ad nagum tizumna, i d-nuɣal s fad-nneɣ.
Acḥal tikelt i neqsed:

Winna akken i nɣil d azemni
Ɣuṛes ad naǧew tamusni,
Nuɣal-d ifasen d ilmawen,
D ulawen-nneɣ i d-iččuṛen

A baba amɣaṛ azemni, keč d tabarda nekwni d ṭfaṛ, ay awal i d-niḍ ad t-neḍfaṛ.
Aḥlil ma winna taṛǧiḍ ad ak-yilli d tabarda keččini d ṭṭfaṛ, ad iḍḥu ziɣ ula d netta d ṭfaṛ, di tbarda nniḍen iṭafaṛ.
Aḥlil ma win taṛǧiḍ ad k-immel abrid, ad k-yawi s acṛuf, neɣ ma iseɣwzef abrid, ad k-isuffeɣ ar ttelt lxali.
Akka i teḍṛa d winna yettṛaǧun ad d-iflali uzemni ar a yrefden tamurt.
Acḥal meskin ittṛaǧu, isaram, iqqaṛ-as: tamurt-agi ilaq-as wergaz ad tt-isbedden. Ad yilli d azemni, d lefḥel ad izeggwir i lqum.
Yaɛya yettṛaǧu, isaram ansi ad iḍil. Ittṛaǧu iqqaṛ-as: nek ur sineɣ ara ad zwireɣ i wegdud, lamaɛna ad fkeɣ tayett i win a yezwiren. Nek d azger afellaḥ zemreɣ ad karzeɣ, awi-d kan win ar ad iyi-snedhen[47]. Lemmar ad yas lefḥel nek d amezwaru ad dduɣ yid-s. Awi-d kan ad yilli isɛa taqbaylit.

---

45 Tuaɛlect : dent de lait (quenotte)

46 Tissi : couche.

47 Sendeh : donner des instructions, des ordres, orienter, diriger.

Yaεya iqqaṛ-as: melmi ad yas wass anda ad ban tidett? Melmi ad aɣ-d-iṣaḥ wayen i nuklal? Melmi ad tbeddel tseqqaṛt[48] ad yuɣal wayla-nneɣ? Melmi...melmi....

Yiwen wass ifṛaḥ. Iɣil tufrar tagut, yusa-d winna ittṛağu. Uṛaεd i d-isawel, iḍfeṛ-it s lfeṛḥ:

Iεawez, ilḥa,
Aniɣaṛ i d-sawlen idda
Asmi iḍal af tidett
Am winna yeččan tirgett
Ayen akw i yesbaṛ i lḥif
Yuɣal lfeṛḥ d aɣilif

Yuɣal-as lfeṛḥ d aɣilif...lceba-yas ṛebbi ula d widak-nni iɣil d izemniyen, uɣalen a tenḍen kan din. Ismekta-d ass-nni amenzu, amek akken ifṛaḥ. Mačči ala yiwen neɣ sin i tt-isaken fell-as. Yarnu yal yiwen, iḍmaε-t ad tt-iṣeggem, imi kant fell-as. A win i d-ismekta deg-sen, ad as-yinni:

Af ayen isaεdda
Di tegmatt ad isɣaṛ
Neḍma-t d tabarda
Ad as-nilli d ṭfaṛ
Akken i daɣ-d-inna
Nekwni ad t-neḍfaṛ
Nettnadi tufɣa
Netta yettnadi ttaṛ
D nbbi asmi i d-yusa
A ziɣ iḍmaε ktaṛ

Neḍmaε asmi i d-yufrar
Tagmatt ad teḥlu
Ad ijbed amrar
Ad isakwi adrar
Ziɣen am yifer
Tağğawt is d nger
Nekwni neḍmaε iger

48 Taseqqaṛt : lot (après tirage au sort), part, destinée.

Nemger-d akerker
Mi d neggar s annar[49]
Yuɣal daɣen iffer.

Ziɣ afus-is deg ufus inu
Netta ul-is agwemmaḍ
Afus-is deg ufus inu
Netta ittseqi i wiyaḍ
Afus is deg ufus inu
Netta di dɣel iselqwaḍ
afus-is deg ufus inu
netta di tegmatt d afṛaḍ
Isellem-aɣ iddem-it waḍu
Ar wid isiriden s weblaḍ

Azemni ma itteḥnunuf kan ger iḍaṛen n imdanen, d acekkel i ten-ittcekkil[50]. Yuɣal yif lehlak ddwa.
Irfa.
Acu uqbel ad infu ibɣa ad ikkes ayen i t-iqaṛḥen, ibɣa ad yinni ayen iwala. Amar illa win ad as-d-islen. U yarnu ur ibɣi ara ad izdukel akw imdanen, ibɣa ad yar tajmilt i widak ittaɛṛaḍen ad arnun i wayen i d-ḥaṛen. Axataṛ ḥaṛen-d ulama teffeɣ-d ɣlayet.
Iqqaṛ-as deg ul-is, tajmilt i tweḍfin n yedles, n tugdut, iqeddcen ṣbaḥ meddi, ur aɛgunt ur fečlent. Mi yexsaṛ ad as-aɛwdent, ulac ayen izemren ad tent-isedhu af ayen wuɣuṛ rrant lewhi-nnsent. Widak-nni i daɣ-ittemalen ayen ilhan, widak-nni yaɛmden ad ten-nekṛah, ad neččaḥ fell-asen, ad ten-nettmuqul am widak ibɣan ad sxesṛen tameɣṛa anda nekwni nufa cḍaḥ, zhu narna lesfenǧ s ufella!
Nekwni nezha niteni a daɣ-d-qqaṛen: arǧaw, barkat čḍaḥ, muqlet anda a tṛekḍem, muqlet dacu a t-ṛekḍem. Dacu af aydeg i tegam tameɣṛa?
Nekwni nreffu mi daɣ-d-qqaṛen akka. Ula d niteni ! Ayen akka a ḥetcen ? Ḥemmlen a d-skeflen izuṛan umagraman ! Wellah! Tufiḍ-d tameɣṛa, aɛṛḍen-k-id ar cḍaḥ, cḍaḥ ! Twalaḍ medden a faṛṛḥen, ffṛaḥ ! Ma faṛqen-d lesfenǧ ḥweṣ amur-ik ! Naɣ mačči d takwerḍa i t-id-ukreḍ ! D abudu i

49 Annar : aire (à battre, de jeu), arène.
Gger s annar : sauter dans l'arène
50 Cekkel : entraver, gêner, paralyser, s'ankyloser (pour un membre).

k-buden[51] !
Nečče̱ḥ deg-sen, nenna-yasen: amek dacu n tmeɣṛa ? Ur d-icqa dacu n tmeɣṛa! Ha d anwi izewğen, neɣ d anta idan d tislit, neɣ ahat d amḍhaṛ! D tameɣṛa daya. Ur daɣ-d-nnin kemset isuṛdiyen, ur daɣ-d-nnin awit-d tarzeft ur d-cṛiḍen fell-aneɣ acemma. Dacu ad narnu? Sutren-d-kan deg-nneɣ ad necnu, ad necḍaḥ, meḥsub ad nttekki deg urar ad naɛmaṛ taqaɛtt. Axaṭar taqaɛtt n cḍaḥ ma teqqim d tilemt icmet af bab n tmeɣṛa! Ad asqqaṛen iqqim udriz-is ifuḥ! I d-igwran d iḍebalen ibbwi-ten-id! Taqaɛtt-is ur ikkir değ-s uɣebaṛ, teqqim am unnar iḍaṛṛan[52] ihegga, ur tekki degs naɛma, ur tezzi deg-s tyuga, ur indih deg-s uwiziw.[53]
Wellah! isawel-aneɣ-d bab n tmeɣṛa, isuter-d deg-neɣ cḍaḥ, necḍaḥ! Daya i d-isuter. Netta isen i yiman-is, isareḥ i ufus-is, nekwni nenna-yas anaɛm aqlaɣ da. Akka i qqaṛen irgazen. Aqlaɣ da, seqwu-d kan abendayar iffeɣ-ik cɣwel ad ak-ncebaḥ tagwnitt! Anef-asen i widak-nni akken ur nceṭṭaḥ alama zṛan dacu i d sebba n tmeɣṛa. Tameɣṛa d tameɣṛa, cḍaḥ d cḍaḥ. Anef-asen i widak iwwet ṛebbi, medden ad ttfeẓen lesfenğ, niteni ttfeẓen isteqsiyen. Awer kren!
Mi nečče̱ḥ deg-sen am yiḍan, tikwal ttawin, tikwal reffun.
Ula d izemniyen reffun. Ula d niteni d idim i ten-iččuṛen. Idim tikwal irekkem.
Muqel kan idurar n tmes: s ufella idel-iten wedfel, ad as-tiniḍ garsen i lebda. Niteni zdaxel-nnsen a yettbwuɛabun[54] uzṛu yefsin. Sya ɣer da ad inṭew uqacuc i ten-iɣumen, ad taweḍ tmes s igenni. Akken izemniyen.
Dacu izemniyen xas reffun, zegwiren laɛqel. Ula d asmi nezzi fell-asen, nečča-ten am iqwejjan: ayen akka tebɣam a daɣ-tesxesṛem zhu mi a testeqsayem dacu d sebba n tmeɣṛa? Ayen akka tebɣam ad aɣ-tt-tesfugrem[55]? Ayen akka tebɣam ad aɣ-tesiṛezgem lesfenğ deg imawen-nneɣ? Dacu deg i dawen-d-wqaɛ? Axi yir awal axi! Dacu d sebba n tmeɣṛa! D tameɣṛa n zhu d lesfenğ daya!
Ula d ass-nni, xas ibbweḍ-d ar yiles-nnsen ad aɣ-d-innin: ima ahat d

51 Bud : vouloir/réserver le meilleur à quelqu'un. Par extension vouloir que quelqu'un profite d'une bonne fortune, d'une occasion.
52 Ḍaṛi annar : apprêter, préparer une aire pour le battage.
53 Awiziw : Volontaire qui vient aider un autre membre de la communauté pour un travail court mais qui nécessite beaucoup de bras (couverture d'une maison, battage...)
54 Buaɛben : bouillonner.
55 Sfuger : faire rater une occasion, gâcher un plaisir, une joie, un bon moment.

yemma-twen i a tthegin ad teddu d tislit? Medden qqaṛen win ibɣan lesfenğ ad ifk nana-s, kwenwi taṛwam lesfenğ ur tezṛim ahat ad fken yemma-twen! Seg akken arfan msakit!
Dacu izemniyen d ukyisen, ur daɣ t-id-nnin ara, xas nuklal-it! Susmen kan:

Seblaεn yir awal,
Sefḍen tisusaf,
Xas di tiyita nuklal,
Lqum aseṭaf,
Leḥzen i ten-id-yulin
Kemsent deg wallen
Facal i ten-igunin
Gezmen-as ifaden

Ur daɣ-d-nnin awal icemten, ulama nuklal-it s uqecwal. Senhezen iqweṛṛay-nnsen, kemsen-tt deg wul, uẓan nebεid ad darin af useglef-nneɣ. Xas akken nezzi fell-asen, nečča-ten, niteni ur dasen-ifki ara wul-nnsen ad aɣ-ğğen. Zṛan d tidarɣelt i daɣ-tt-igan. Nekwni nettɣaṛiq-iten am yiḍan. D tidett, azemni af widak-is, am uqejun: warğin ad yefk afus fell-asen. akken i dasen-ihwa ğğan-t, netta ur ten-ittağa ara. Ur t-ittağa ara wul-is ad ten-yeğ. Simi tettxaṛiq yis-neɣ targit, simi i ten-nettɣaḍ.
Nettɣaṛiq-iten si tmeɣṛa yal mi a d-bdun asteqsi. Niteni, ttuɣalen-d, ur ttsusumen alama neduqes-d si twaɣit i daɣ-ibwin. Azemni ur yaεgu, ur ifeččel, am tweṭuft, imi:

Iggul ur ibri i taluft
Alama yega abrid s ulawen
Xas teḍṛa yides am tweṭuft
Taεbwel i wayen i tt-yugaren
Xas mi tebweḍ ar tqacuct
Nettat yides ad grirben

Azemni iḥdeq, d ukyis. Dacu xas ittqeṭib deg iles-is, ittara-yas sṛima, ul-is ur izmir ad ad as-ikkes! Tikwal di lqaε n idmaren-is, s tufra, iqqaṛ-d dacu itthulfu. Mi yettwali widak-nni iceṭḥen nebla asteqsi, u yarnu teččḥen af widak i ttaεṛaḍen ad ten-id sfaqen, ireffu.
Acu ittuɣal-it-id usirem, yal tikelt mi a d-ismekti llan, sya ar da, widak

ittbedaden di tqaεtt, amzun tewteḍ-ten s ubeqqa, ḥebbsen cḍaḥ, isduqus-iten usteqsi-nni yines. Imiren times-nni i d-ittalin deg ul-is, txetti. Yiwen i meyya ma imdekwal-d[56] ittak-as i uzemni afud swayes a ykemmel ad isakwi meyya nniḍen.
Ad nuɣal ar winna af i d-nebda awal.
Uqbel ad infu, ismekta-d izemniyen, ibɣa ad yini amek i ttḥulfun, ibɣa ad asen-yar tajmilt, ad yinni i bɣan ad innin dacu gguman[57]. Inna-yas, imi izemniyen d uḥdiqen ur d-nnin ara, anef ad qebḥaɣ nekkini deg umur-nnsen.
Irfa, uqbel ad infu, inna-d deg umur-nnsen :

Ay asmaken
Mi i d-nuder Tizi Wezzu
Nɣil dɣa nebbweḍ sani
Kulci deg-nneɣ a d-ittnulfu
Wa yesekras wa yfetti
Di Tizi ikfa wezzu
Neṭef akw amdiq-is nekwni

Ay asmaken,
Deg awal wi daɣ-izemren?
A daεwesu
wa d lmut wayeḍ d zhu

Nesarem amdiq i lɣella
Nefres s tmes amadaɣ
Iwiziwen sya u sya
Ur neǧǧi ula d adɣaɣ
Mi d-ban tberrez teṣfa
Nettu acuɣaṛ i tt-nesaɣ

Ay asmaken,
Nettwali zdat wanzaren
A daεwesu,
wa d times wayed d fuffu

56 Mdekwal : reprendre conscience, revenir à la réalité.
57 Ggami : ne pas oser, hésiter.

Nefka idmaren i ṛṣas
Nesarwel wid i d-ikkaten
Amaziɣ yaεqel gma-s
Ad as-tiniḍ tura faqen
Yal wa izzi-d af atmas
Mi akken i d-gwran garasen!

Ay asmaken,
D lemḥiba iqaṛdacen
A daεwesu,
wa d ahlalas wa d xuxxu

Mi nedukwel ad wexṛen
Mi wexṛen ad aɣ-taεṛeq
Mi daɣ-smeččawen ad uɣalen
Nesutur deg-sen lḥaq
Allen mazal s imeṭawen
Tameẓuɣt ar ujewaq

Ay asmaken,
D iyuẓaḍ i daɣ-isɣaṛen
A daεwesu,
Ibaz neqqaṛ-as čiču

Tajmilt i wid ur neɣṛi
Iḥerzen i daɣ-d-igwran
Wid neṛğa ad aɣ-neğṛen iswi
Cban di darya isardan
Deg awal nebweḍ igenni
Di tyerza am ileɣwman

Ay asmaken,
neṭafaṛ s yeḥbuben
A daεwesu,
wa s tefxett wayeḍ s lilu

Kulci deg-neɣ a d-ittlal
Ad twehmeḍ amek i d-nesaweḍ
Tajmilt i mmi-s n leḥlal

Nesusuf-it netta yseffeḍ
D lewhi i daɣ-ittemal
Eyaw ar ɣuṛ-s ad neḥfeḍ

Ay asmaken,
Nḥeqeṛ i daɣ-d-ittasen
A daɛwesu,
Laɛweḍ i deg ad as-narnu

Afus iḍbaɛn af lfuci
Itettu afus n wemger
Win isawalen s imenɣi
Tağğawt-is tezga d nnger
D lawen ad nesnarni
Aqla-wen aṭas i d-nḥeṛ

Ay asmaken,
Ar leqdic karfen ifasen
A daɛwesu,
Ad t-nesnerni neɣ ad yarku.

Afṛux n lqwebz

Afrux n lqwebz

Ur d-smektay ara agujil af imeṭawen...
A wi yufan, awal-is ad ittili kan af ayen ilhan. A wi yufan iles izmer ad iɣanzu tiqeṛḥanin.Yif ad k-waliɣ tecmumḥeḍ wala tenuɣnaḍ. Lamer iles ihda-t ṛebbi, iban webrid.

Nniɣ-as tixeṛ-ik a yiles-iw
Err-as aɣumu i lbir
Tiyita xas tettzegziw
D aḥuku deg-s kan i dir
Lhem ma tettuḍ-t, d ibiw
Ma tṛebaḍ-t d times tedendir[58]

Zgiɣ qqaṛeɣ-as. Zgiɣ ttweṣiɣ-t : awi-d awal isseḍṣan, ur sisin di tuqsiḥin. Ur ttlaɛğ tidak iṭsen, anef-as i lebḥaṛ yersen.
Netta iqqaṛ-iyi-d: times ma tuɣ-d, ilaq ad tt-tqazmeḍ. Ayen ilaqen ilaq. Ayen i k-iṛğan, iṛğa-k. Izrem kker-as mi t-mazal d abunecab[59], ma teğğiḍ-t alamma yuɣal d talafsa[60], ad iglu s yiri-k. Asenan n yiger-ik, d afus-ik i yaṛğa. Mger-it d aleqaq neɣ ad t-megreḍ d aquṛan. Ma ur t-temgireḍ ara ad ak-yaɣ akw tafarka ur d-igweri yiger.
Ddunit d m wakniwen[61]: tudert d tikent n lmut, aṭan d iken n tezmert, taḍsa d tikent n imeṭṭi, tismin d takna n tayri. Iken d gma-s, tikent d weltma-s, takna d takna-s. Akka i tetteddu ddunit, tettaɛbi-aneɣ am ucwari, taɛdilt tettara lmil i weltma-s. Yiwen n weẓṛu ar yiwet n taɛdilt wayeḍ ar taɛdilt

58 Tedendir : faire rage (pour un feu)
59 Abunecab : très jeune serpent (pas encore dangereux). Orvet.
60 Talafsa : vipère.
61 Iken/Akniwen : jumeau/jumeaux. Tikent/takniwin : jumelle/jumelles. Takna : seconde femme du mari.

tayeḍ. Tikwal tettaɛṛaq, tesmara kulec ar yiwet. Dina aḥlil, ittṛuḥu lmil, dina tedda zzayla[62] tedda ttaɛbga.

Taɣawsa s tayeḍ, wa s wa. Ticṛaḍ s idamen. Tikwal d tuqda i d ddwa n lğerḥ. Ulac ddwa aziḍan.

TTweṣiɣ ul-iw rennu-ɣ. Mi stuqteɣ lehduṛ ad iyi-d-yinni:

Anwi yebɣan isennanen?
D azeğğig akw i d-nettcihwu
Ddwa ulac win i t-iḥemmlen
Xas nettnadi akw ḥellu
Azeğğig d usennan d atmaten
Ddwa d taṛzeg i yleḥḥu

Ameslay d asafer[63], awal d ddwa. Aṭan mi das-terniḍ tigugemt, ad izehher deg-k am tmes. Ayen ittɣizin deg-nneɣ, iḥemmel ṭlam. Ma yfat tbedṛeḍ-d ayen tettugadeḍ, am akken ad tesiɣeḍ tafat.

Awal af ayen i daɣ-ittaqṛaḥen d aḥurif amezwaru deg ubrid n ḥellu.

Awal af win i ṛuḥen, iseqṛab-it-d.

Awal af beṭṭu n wid imḥemmalen, iseğhad lxiḍ gar-asen.

Simi tkemmuḍ ayen i k-iqaṛḥen, simi yettɣizi deg-k. Simi i tt-iteddu fell-ak.

Anwa aḥbib ad k-yaɛwnen di taɛkumt ma ur tt-izṛi ara?

Wid i k-iḥemmlen maččči d imzuṛen ad zṛen ayen i k-yuɣen nebla timenna.

Ma ur dasen-teḥkiḍ tabaḍnit-ik[64], ur tt-ttwalin ara.

Asfel n wurif d imeslayen
Anef i wul-ik ad d-iḥku
Suffeɣ-d ayen i k-iqaṛḥen
Ul n weḥbib a k-ittṛağu
Mi msunaden wulawen
D tina i d tazwart i ḥellu

Anef i wawalen ad ffɣen
Iwaɛṛ kan umezwaru
Ma yella glan-d s imeṭawen

---

62 Zzayla : bête de somme.

63 Asafer : remède, médicament, ingrédient.

64 Tabaḍnit/Lbaḍna : secret intime

Baḍen : fréquenter intimememt, partager les secrets de quelqu'un

Anwa deg-neɣ ur nettru
Imeṭawen anda wulmen
D isefsax[65] i daεwesu

Acḥal d ul ibwḍen ar tegwnitt n lmuḥal imi yebwi abrid n tsusmi. Abrid n weḥdes.

Acḥal iččа lebḥar imi ur d-suɣen ara abuh!

Acḥal d win iččа wecṛuf di ṭlam imi iseṭḥa ad isutar ciṭ n tafat.

Acḥal d ul inɣa wegris imi yeguma a d-ittar tirgin.

Ciṭ d leḥya, ciṭ d ttṛebga, ciṭ d tamusni. Ciṭ ciṭ, alami tebbweḍ tmal.

Akka i teḍṛa d ilemẓi-nni yeğğa usirem. D tmacahutt ger tmucuha i daɣixlan tuddar.

Ihi dɣa imi d-nebder...

Macahu, tagi d taqsiṭ n ilemẓi-nni yeğğa usirem.

Taqsiṭ n ilemẓi-nni i tent-yuɣen ar daxel. Netta izdel af tmes, medden ɣilen kan ha.

Imi-s icmumeḥ
Ul-is iqeddaḥ
Ma yefṛaḥ deg wass
Deg iḍ d tinexsas[66]
Ula deg usu
Tugi ad as-tebru.

Imuqel, imuqel,

Iwala imezwura
Iwala inegura,
Iwala wid i ṛuḥen
Iwala wid i d-iqqimen..
Iwal amek i dasen-teḍṛa
Izṛa akken ad as-teḍru
Anda imuqel d asigna
Wisen akw ma ad t-imnaε neffu

Yuki i yiman-is am akken di lḥebs.

Ulac ayen iwaεṛen am lḥebs nebla zeṛb. Medden ad ttwalin zaṛb ulac, netta

65 Isefsax : pratiques rendant les sortilèges inopérants.

66 Tinexsas : soupir exprimant le chagrin, la tristesse, le sentiment d'impuissance.

aḥlil. Amek ad tiniḍ ṛɣiɣ ma ur walan medden times. Amek ad tiniḍ jerḥeɣ ma ur walan medden idamen. D tiyita-nni n tgwersa deg teylewt.
Ibɣa ad isuɣ, ad yinni abuh! Aqli di lḥebs, inṭeğ wul! Dacu yugad, tamuɣli n medden. Tamuɣli-nni i d-iqqaṛen, aḥlil, ad irfed Ṛebbi. Tamuɣli-nni nettak i win ifɣen si laεqel-is. Tella tikwal tmuɣli ikkan deg ujekwaḍ[67].
Iqqaṛ-as: a ttrun medden af umeḥbus deffir wuzzal, netta ulac win ittuɣaḍen am win ittawin lḥebs-is deg uqeṛṛu yis! Ad tuɣaleḍ:

D keč i d ameḥbus,
d keč i d aεssas,
Azelmaḍ-ik d lmus,
deg uyeffus iseɣṛas

D keč i d aεqqa,
D keč i d tuɣmas
Am tcumaεtt i dak teḍṛa
Itetten di suṛa-s

Iqqaṛ-as: lḥebs yibbwas ad fɣeḍ neɣ yibbwas ad rewleḍ. Mi dak-ldin tabburt, tegreḍ-d aḍar-ik di beṛṛa, ikfa lḥebs. I win ittawin lḥebs-is deg uqeṛṛu-s?
Akken ad t-iṭaffaṛ, d netta i t-ittbibin. D lḥebs uffir, d lhebs n ṭulaεmeṛ. D keč i d bugaṭu[68] d keč i d ɣeṛṛaq[69]. Ulac ula amek ad t-id-sfehmeḍ. D aqdaḥ n uεagun, aqḍah tigugemt.
Yuɣal inna-yas, yif-iyi ula d afrux illan di lqwebz.
Netta meqqaṛ ittɣaḍ imdanen yarnu yal ass isaram amar ad ɣeflen ad ttun tabburt teldi, amar afus i t-ikweblen yibbwas ad as-isensar. Yiwet n teswaεit, tuqna n tiṭ kan, ad t-isemnaε yifer-is.
Afrux n lqwebz ittɣaḍ imdanen.
Afrux n lqwebz, sefran fell-as imedyazen. Cnan fell-as icenayen. Ittwat d lemtel.
Awal-agi n wefrux n lqwebz, ittagwem-d deg ulawen laḥnana, tayri, aɣiḍi. Yiwen n wul ibequ ad iṛuḥ ad yaṛẓ lqwebz i t-iḥaṛen, ad as-isereḥ, ul wayeḍ ibequ ad t-yeğ akken ad t-iwanes.

67 Ajekwaḍ : fouet. Verge servant à fouetter
68 Bugaṭu : avocat
69 Ɣeṛṛaq : procureur

Afṛux n lqwebz, wallan akw medden ayen a yttaɛdin fell-as, leḥzen i deg illa. Medden akw zṛan dacu i t-ixuṣen. Ilul-d akken ad ittcarig igenni, yuɣal ittcarig useḍṛu idmaren-is mi yedemir ad iffeɣ si lqwebz.

Ilul-d akken ad ittwali lqaɛ seg igenni, yuɣal a yettmuqul igenni si lqaɛ.

Ilul-d akken ad as-isellef ubeḥri, yuɣal isellef-as kan ufus-nni i t-ikweblen.

Dacu, xas akken ayen akw af i d-ilul ittwakes-as, mazalt idder deg usirem. Asirem issway tudert. Win iwumi mazal asirem mazal degs tudert.

I NEK?

Ulac win i ɣaḍeɣ.

Zṛiɣ mačči d ulawen-nnsen i d iqaɛfuṛen[70], d awali ur walan ara times i deg lliɣ.

Ulac win i d-izzin ɣuṛi. Mačči d aɣanzu i diyi-ɣunzan, ur d-rrin ara s lexbaṛ s wayen i diyi-ččan.

Ulac win isefran fell-i. Ɣilen hennaɣ. Asefru af win ihennan, izga messus. Weḥdi di tlemmast n wegraw, Agraw n tlufa tezzint deg walaɣ-iw.

D awḥid medden zzin-iyi. Tayett-iw ar tuyat-nnsen, ul-iw amzun di tniri[71].

Weḥdi xas iččuṛ suq,
Laɛqel-iw izga ysewaq.
Weḥdi di tlemmast n suq,
Nek d wul nettemsawaq
Deg walleɣ yaɛmeṛ suq
Ayen ilhan ur d-isewaq.

Iḥulfa am akken yuɣal ittmeni ad yuɣal d afrux di lqwebz. Yuɣal ittasem seg ufrux n lqwebz.

Aḥlil.

Lamer izṛa acḥal n wid i t-iḥemmlen deg widak i das-d-izzin! Acḥal n wid ad as-d-ildin ulawen-nnsen, amek s lfeṛḥ ad fken tuyat-nnsen akken a das-ksen taɛkumt! Lemmar izṛi! Lemmar zṛan! Lemmar kan i dasen-d-isawel.

Netta ur d-ibdi awal niteni ur t-kemmlen. D tigugemt sya u sya. Ciṭ d ttṛebga, ciṭ d laḥya, ciṭ d tamusni. Akka i ttembabant alama teqaṛs.

70 Aqaɛfuṛ : Insensible. Inaccessible à la pitié.

71 Tiniri : désert

Ur iḥulfa ara s tayri n widak i das-d-izzin. Ad newwet da ad narnu da: ula d niteni lemmar i das-d-qaṛen, nḥemmel-ik, ahat isker tasa ad asen-yinni. D taddart n iɛaggunen. Wa ur iqqaṛ i wa. Maččí dayen ad isnulfu netta. Ulac win i d-izwaren. Lemmar i d-gren lxiḍ, netta ahat izḍa asaru. Tilli ahat ur tezzint ara yir tektiwin deg wallaɣ-is. Wid i daɣ-iḥemmlen, maččí d imzuṛen. Ma ur tenniḍ ur ẓaṛen. Ma ur tenniḍ i yiwen inɣa-k usemmiḍ, amek ad-yaẓ ɣuṛ-k ?

Wid nḥemmel, ma ur neẓil ara afus ɣur-sen, amek ad d-fken afus-nnsen. Akka i daɣ-tega ttṛebga: nettara takwmamt[72] i wul alami yuɣal d aɛggun. Neɣḍel-as di can alami yuɣal ittagwad:

Tḥemmlem-ten,
Nig n yiman-nnwen,
Hemmlen-kwen,
Nig n yiman-nnsen
Ur dasen-tennam,
Ur dawen-d-nnan
D aɛeggun ar s agugam,

Ddwa deg ilsawen-nnwen
D awal i d-ddwa n ḥellu
Fket-tt i win iḥusen
Uqbel ad t-isew waḍu
Fket-tt i wid i kwen-iḥemmlen
Uqbel kra ad iḍṛu

Taqsiṭ maččí d tin uḥemmel. ulac deg-nneɣ win ur nesɛi win i t-iḥemmlen, neɣ win iḥemmel. Ula d inijel illa win i t-iḥemmlen. Ula d inisi tmecceḥ-it yemma-s.....

Maččí d taqsiṭ n uḥemmel, d taqsiṭ n tmenna.

Ur d-gwri ara deg wul, tegwra-d deg iles.

Ad nuɣal ar tmacahutt-nneɣ.

Ilemẓi-nni isɛa widak i t-iḥemmlen, isɛa widak iḥemmel.

Iqqim uḥemmel deg wul, am waɛwin ur ibbwi ara win yunagen. Hegi ma yehwa-yak udi d tament d aɛwin, ma ur t-fkiḍ ara i win yunagen ibbwi-t,

72 Takwmamt : muselière, bâillon

tuɣal ar din. Ičč̌uṛ wul d aεwin n tayri, dacu ikmumes kan ixzen. Ur das-nnin nḥemmel-ik, ur dasen-inna.
Aεwin ihega, taεbbuṭ texwa.
Izzi, izzi, mi yaεṛeḍ ad ittu neɣ ad izhu, neɣ ad isbaεd tamuɣli, dɣa iseḍra-nni n lqwebz i t-icuden a das-gezmen tamuɣli…izzi, izzi, yuɣal irfa, infa, inna:

Afrux n lqwebz

Ay afrux di lqwebz n ileẓwi
Tettɣaḍeḍ medden merṛa
Ifer i d-ilulen i ygenni
A yettexnunus di lqaεa
Lamer ad k-inniɣ tifeḍ-iyi
Zṛiɣ ur tettamneḍ ara

Ay afrux meqqaṛ keč̌č̌i
Ur k-arnin medden acetfi [73]

Mi tferḥeḍ tzemreḍ tecniḍ
Asmi tqedḥeḍ tsuɣeḍ
Mi d-tebbweḍ tefsut tezhiḍ
Tebbweḍ-d cetwa tufgeḍ
Acḥal d igenni teswiḍ
Acḥal d iger tleqwḍeḍ

Ay afrux meqqaṛ keč̌č̌i
Ur k-arnin medden acetfi

Nek xas arɣiɣ susmeɣ
Isuɣan-iw s icimmi[74]
Asmi ferḥeɣ gugmeɣ
Cniɣ cna n yesɣi[75]
Deg wass deg wussan leqwḍeɣ
Ma d uḍan leqwḍen seg-i

Ay afrux meqqaṛ keč̌č̌i

73 Cetfi : blâmer, médire.
74 Icimmi : poche aménagée en faisant bouffer le haut de la robe (retenue par une ceinture).
75 Isɣi : gypaète (oiseau réputé muet).

Ur k-arnin medden acetfi

Xas igenni ittwakes-ak
Ifer ictaq ahuzu
Uzzal irekku am usekkak[76]
Yibbwas aseḍṛu ad irku
Ma d nek ibaɛd-iyi leslak
Imi lqwebz-iw deg uqeṛṛu

Ay afrux meqqaṛ kečči
Ur k-arnin medden acetfi

Lemmar am keč leḥzen cennuɣ-t
Ad zuzneɣ taɛkumt
Ahat ad d-yefk tameẓuɣt
Lḥif i diyi-ran d tiremt[77]
Imi nek cna ttuɣt
Aqdaḥ arniɣ tigugemt

Ay afrux meqqaṛ kečči
Ur k-arnin medden acetfi

Keč i k-iṭfen ala uzzal
Asirem iččuṛ-ak ifer
Yibbwas ma yfka-tt lḥal
Yinek igenni yinek adrar
Nek d aṛuḥ kan i d-mazal
Izmer seg-i ad iferfer

Ay afrux meqqaṛ kečči
Ur k-arnin medden acetfi

76 Asekkak : mensonge grossier.
77 Tiremt : repas (sens propre). Ici : proie.

Nek d ilemẓi di tmurt-iw

Nek d ilemẓi di tmurt-iw

Ameslay degs ddwa.

Ayen ittɣizin deg umdan, am twekka[78]. Ur ittḥemmil ara tafat. Ittḥemmil ṭlam. Simi i t-tteffreḍ, simi yettimɣuṛ. Simi yettimɣuṛ, simi yettɣizi.

Ameslay d ddwa, aḥbib d ṭbib.

Aḥlil win ur nesɛi win iwumi a yeḥku. Aḥbib-ik ilaq ad tizmireḍ ad as-teḥkuḍ lbaḍna-k nebla akakru. Ma ulac ula iwumi-t, tesɛiḍ-t kan d taɛkumt! Tiqaṛḥanin, ulac win iḥemmlen ad tent i d-iḥku wala ad asent-isel. Dacu ayen ilaqen ilaq. Ddwa yettiṛzig.

Ilemẓi mi a yettmeslay, tikwal aṭas i d-iqqaṛ. Tikwal daɣen, ugar ayen ikma[79] ayen i d-inna.

Tagi d taqsiṭ n win i d-ifkan d axalaf, mazalt a yesegmay s iṭij. Iɣil di lemẓi di tmurt-is am ilmeẓyen n tmura tiyaḍ.

Am ilmeẓyen n tmura nniḍen iṣuḥa-t-id ad isirem, ad yargu, ad isdarwec, akken tesdarwic temẓi. Temẓi deg ur ixliḍ ara ubruy n usdarwec, maččči d temẓi.

D asdarwec n temẓi i yetthegin tarusi n temɣwaṛ.

Win i tent-id-ikkan di temẓi ur iɣelli ara deg-sent di temɣwaṛ. I ywaɛṛen d asderwec n temɣwaṛ.

Ur ilaq ara a nettugad asdarwec n temẓi, imi am udfel di ccetwa, d lweqt-is! Ccetwa deg ur illi wedfel maččči d ccetwa. Ur ttkal ad tesufeɣ ṣaba.

Temẓi deg ur illi xaṛsum ciṭaḥ n usderwec, mačč i d temẓi. Ur tesawaḍ ara tameddit asmi ar ad yas lweqt n trusi.

---

78 Tawekka : vers, larve.

79 Kmu : taire (un secret, un témoignage, une peine, un aveu).

Ugadet temẓi ma ur xliḍen ara deg-s kra n wussan n usdarwec

I ywaɛṛen d adfel n tefsut
I ywaɛṛen d asderwec n temɣwaṛ
Ula d asderwec ittfut
Ula d asderwec issɣaṛ

Ilemẓi-nni, iɣil mi akken iwala amek qecmen widak n tsuta i t-izwaren, netta ur das-tḍaṛu ara.
Iqqaṛ-as nek ad beddlen wussan neɣ ad ten-beddleɣ.
Ittargu aken ttargun akw ilmeẓyen. Ittargu ddunit-is di zeǧǧigen wa ar wa.
Di tirga-s, tafsut tuɣ akw aseggwas, ulac amkan i ccetwa.
Ittargu, isaram.
Ilemẓi ilaq ad yargu, akken afrux ilaq ad yafeg.
Tagara tafsut-is ur d-efki azeǧǧig.

Ur teǧǧuǧeg xas teskumbes[80]
Ur teṭaṛḍeq xas tessekres [81]

Yuɣal wellah a tafsut-nni wellah ay anebdu wellah a ḥaṛtadem...ḥala ccetwa i d-iqqimen, tuɣa-s akw ussan-is.
Seg wagur ar wayeḍ, ma yelha igenni-s d asigna.
Ittu amek akken igga ygenni.
Ṣbaḥ d agris, tameddit d agris, agur a d agris, agur wayeḍ d adfel. Ulac ayen ittmucɛulen di ddunit-is ala agris.
Ittṛaǧu amar ad t-id yas wass-is. Akken i das-inna win:

Ay ul izeglen tafsut
Aṛǧu ad teǧǧuǧeg ccetwa!
Ay ul inumen tagut,[82]
Tettugadeḍ ad temqucaɛ[83]

Iqqim weḥdes ala netta d wul-is. Anda-tent tirga-nni n tayri, anda-t usirem-nni n temlilit.

80 Skumbes : commencer à former bouton (pour une fleur)
81 Sekres : commencer à former fruit.
82 Tagut : brume, brouillard.
83 Ad temqucaɛ : s'éclaircir en (parlant du ciel)

Iɣimi n wemdan weḥdes d yir ṛafqa, d yir tiɣimit.
Ad ittara ifeẓ[84] i wayen akw arẓagen i d-imuger di ddunit-is.
Iqqim weḥdes ulac amwanes.
Win meẓiyen ma ulac amwanes am tseṭa yeğğa waḍu. Tbed am akken aɛṛqent-as, am akken tegguğel.

Win meẓẓiyen mi ad igwri weḥdes, am laɛec ğğan ifrax, ibeddi ibed lamaɛna d ilem.
Iqqim wul-is d aɣwjaj.

Ur ittɣama aṭas ixla
Wul n widak meẓiyen
Ma ur t-ččuṛent tirga
Ad t-iččaṛ wayen nniḍen
Ur ittɣama aṭas d ilem
Ayen n diri ad ijbu
Ma yella ur t-ikcim yezrem
Yibbwas ad t-ikcem waḍu

Ul-is imi ur izmir ara ad iqqim d ilem, yuɣal ijuba-d asirem n aṛwaḥ. Asirem n trewla. Tuɣal tamuɣli-s tezzi agwemaḍ.
Tuɣal twafɣa si tmurt tega afud i tudert.

Ur tufiḍ iwumi yeḥka
Yuɣ-itt ar daxel mkumda[85]
Izzi, Inneḍ, ikufera.
Izzi, inneḍ ur d-yufi ara
A melmi iɣil ibbweḍ
Ziɣ s wadda.

Izzi, inneḍ, irfa, inna:

Nek d ilemẓi di tmurt-iw

Tafsut taṛqem tiɣaltin
Tebda tehter[86] suṛa

---

84 Err ifeẓ : ruminer
85 Mkumda : sans se plaindre.
86Tehter suṛa : le corps/les sens en feu.

Ifrax akw d tiyigiwin[87]
Yal wa d-wayeḍ yezha
Ula d ibaεac sin sin
Nek amwanes d teswiṛa

Anebdu isaɣ af iɣalen
Tizizwitt tekfa agmar
Lamer di ussan ṣegmen
Tilli d taεzizt a nmegger
Waḥdi arbiɣ ifasen
Laεqel ibɣa ad iferfer

D ḥaṛtadem yal wa a yhebar[88]
Nek ur zenzeɣ ur uɣeɣ
Deg-i a d-ttarraɣ ttaṛ
Ul meskin ibɣa ad d-iffeɣ
Tebda suṛa ad txettaṛ
A laεqel ansi ad k-id-aǧweɣ[89]?

Ccetwa tesenta tucar
Adfel issa-d akw i tmurt
Nettasem ula seg izaṛzaṛ
Asirem berneɣ-t d takurt
Ul-iw ibɣa ad iferfer
Ur iṛǧi kra di tefsut

Aḥweq wid izeglen tafsut
Iṭḍen si ɣuṛ-k d wannaɣ[90]
Ad ak t-in-inniɣ s ttbut
Tiklelt-a ad inigeɣ
Ma yella zemreɣ si tmurt
Neɣ si laεqel-iw ar a fɣeɣ

87 Tayuga : paire.

88 Hber : travailler avec acharnement (d'arrache-pied).

89 Aǧew (acheter), Ziǧew (vendre): utilisés seulement pour le commerce de tout ce qui est mesurable en volume: grains, légumes secs, huile...

90 Annaɣ!: expression pour culpabiliser (pour accuser, faire rappeler une ingratitude).

Nnan-as: ɣeṛ kan !

Nnan-as: ɣeṛ kan !

Yal wa sebba n aṛwaḥ-is.
Ma yfat iṛuḥ yiwen, ur d-tegwri ara di sebba. Ur d-tegwri ara di ayen iferfer, tegwra-d kan anda ad yers.
Ma di temda neɣ deg walim[91].
Ma di temda neɣ... deg idmim[92].
Ma af iḍaṛen neɣ af ugarnin[93].
Wisen amek axiṛ. Ur tezṛiḍ anida yella leṣlaḥ. Tikwal mi a teferfreḍ, axiṛ ad ɣliḍ af uqeṛṛu. Akken ad ittu.
Ad ittu, ad iaεwed meqqaṛ s wadda.
Ittawaεṛ uaεwed mi a teskarkireḍ yid-k asmekti. Amek ad taεwdeḍ tudert tamaynutt keč mazal teččuṛ-ik tudert taqdimt. Ma yilli tṛuḥeḍ tebbwiḍ-tent yid-k, ad tawḍeḍ mazal kemsent deg wul-ik. Yarnu ulac iwumi ad tiniḍ. Ur tent-nniḍ la da la din. Teṭfeḍ imi-k, teṭfeḍ teqṛaḥ-ik. Irza-k lḥebs n tsusmi.
Telha tsusmi, degmi qqaṛen ameslay d lfeṭa, tasusmi d ddheb.
D tidett. Dacu lemtul am ddwa. Lhan kan s leqdaṛ.
Ddwa ma yella tzegdeḍ i lkil, ad k-ihlek. Ula d tasusmi nig wayen iwulmen, thellek.

Tasusmi telha anda tlaq
Mačči d ddwa i kulci
Awal ma yella ad k-ifellaq
Dacu i das-ittṛağu yimmi?

---

91 Alim : foin

92 Idmim : aubépine (On y fait référence souvent pour ses épines)

93 Agarnin : nuque (Bu/Mu garnin : entêté/e, coléreux/se).

Tikwal ddheb d lmentaq
tikwal ittif tasusmi

Tasusmi n waṭas tetteg abrid i yɣewblan. Niteni iɣweblan d iḥeqaṛen, ma ufan-k weḥd-k, ad k-ḥeqṛen. Ad tt-ddun fell-ak, ur dak-tixiṛen alama ɣeḍlen-k.

Win af i tzad taɛkumt, ayen ittara kan ar daxel? Ayen ur tt-icarek ara? Ayen ur ileddi ara ul-is i widak i t-iḥemmlen?

Di tidett, ur ishil ara. Ur nenum ara neqqaṛ ayen i daɣ-illan deg wul. Wisen ma d ttṛebga.

Tikwal nesmenyaf ad neɣṛaq wala ad nnini ur nezmir ara ad nɛum! Wala ad neẓel afus-nneɣ ar wiyaḍ.

Ma kkant nnig tezmert-ik, ur icmit ara ad tiniḍ ur zmireɣ ara. Ur icmit ara ad tesutreḍ widak i t-ḥemmleḍ ad fken afus.

Am winna isɣeṛsen si tmurt, imi ḍalent fell-as. Wa ifhem wa ur ifhim ayen iferfer. Netta yuɣ-itent mkumda, niteni ur fhimen ara. Ur fhimen ara imi ur dasen-inni ara. Ur dasen-inni ara imi ur das-slemden ara. Wa ittaǧǧa-tt-id i wa. Ur inni i yiwen. Dɣa iɣweblan ufan-tt fell-as.

Netta iḍlem imi ur inni i yiwen dacu i t-iceɣwben, widak i das-d izzin ur walan ara taswaɛt deg illa. Wumag ula d niteni xas ur dasen-ildi ara ul-is, ad as-ldin ulawen-nnsen, ad aṛẓen asalu.

Akka, ciṭ d leḥya,
Ciṭ d ttṛebga
Alami tebbweḍ ttaɛbga
Netta ur d-inni awal
Niteni ur fhimen timsal
Alami fell-as tmal

Iwaɛṛ wayen ur nettban. Ayen ur tezmireḍ ad ddmeḍ ger ifasen-ik ad t-snaɛteḍ i medden ad walin i k-irzan. Keč deg-k a yettenfufud[94], medden ɣilen kan ha. Akka kra imeẓyanen, iččа-ten wuɣud, iččа-ten-id s zdaxel alami ruzen[95], yiwen ur d-irri lexbaṛ.

Acukan, ccwi, win meẓiyen am tejṛa tameẓyant, xas ad tt-tedbaɣ tqabact nneɣ yir afus, xas ad tt-iɣeẓ lmal, tettawi-d llaḥma, txellef.

94 Nfufed : se propager discrètement (se dit d'un feu, d'une plaie, d'un mal, d'un sentiment)
95 Iruz : grugé de l'intérieur, évidé

Ur ttugad ma tedbeɣ
Tejṛa meẓiyen txellef
Di ccetwa xas tewṛuṛeɣ
Mi d-bbweḍ tefsut tencef
Ur ttayes azeǧǧig ad iffeɣ
Ad ifk lḥeb d amxallef

Imeẓyanen, xas mi ṛuḥen si tmurt, ttḥulfun ɣuṛ-sen tengar ddunit, mi taɛedda kra n talit, ad uɣalen ar laɛqel-nnsen, ad arsen, ad walin mazal ddunit, mazal lxiṛ ar zdat. Ad ten-id-yuɣal uzeǧǧig. Tejṛa meẓiyen ayen illan deg-s isewham. Ad tuɣal d asɣar, ad texlef. Sekra yakw mazal deg-s azaṛ, mi tesraḥ tafsut ad tezher. Xas ur qetaɛ ara layas. Akken ilmeẓyen.
Ilemẓi-nneɣ seg asmi i d-ilul, qqaṛen-as: ami, keč d azekka n tmurt, ɣuṛ-k i yaɛleq usirem, ar ɣuṛ-k i tella tmuɣli. Ḥader ad aɣ-tesxabeḍ tirga nneɣ! Deg-k ad iḥyu wayen akw i daɣ-ifaten, ayen akw nezgel. Ur neɣṛi ur nwala, kwenwi ad aɣ-d-ɣaṛmem! Cwiṭ cwiṭ, uɣalent tirga-nnsen d tirga-s netta. Uɣalen ttṛağun tirga zeglen deg-s netta. Yuɣal ilemẓi ittawi tirga-s d tirga n widak i das-d-izzin. Seg imawlan ar twacult, si twacult ar taddart. Anti i d tirga tiqdimin anti i d timaynutin? Anti i yin-s, anti i nnsen. Xelḍent!
Qqaṛen-as: Γeṛ! Γeṛ ad tenfaɛḍ iman-ik ad tenfaɛḍ tamurt-ik. I keččini iwumi tt-id-ḥaṛen widak immuten...
Γeṛ kan, amkan-ik ihegga, tudert-ik di lisar.
Ḥader ha ! Ḥadeṛ ad tettuḍ:

win iɣṛan ad as-tṣeggem
win iqqimen ad iggugem...
win iɣṛan ad ittṛayi,
win iğğan ad ittaɛbi.

Dɣa netta ittwali ddunit-is tweha am usaru. Netta i fell-as ad iɣaṛ, tajmilt i widak immuten af tmurt.

Niteni juhden s lfuci,
Netta ad ijahed s tikti
Win immuten akken ad iḥaṛ
Ifka aqeṛṛu-s
Netta akken ad isemɣwaṛ

Ad d-yefk uqeṛṛu-s

Akka i yettamen. Ma abrid iẓaṛeb sya u sya, aniɣar i tebɣiḍ ad infel wemsebrid? Ar zdat kan anda isufuɣ. Ad iɣaṛ ad infaɛ tamurt, ad yar lxiṛ i ymawlan, ad yilli am taɛwint, win ifuden ad isew.
Ad iɣaṛ, ad izweğ d tin ibɣa, ad sɛun ddarya, ad idiren di lisar.
Iwala yakw ddunit-is. Ifres-as akw abrid, ur iğğa axuč.
A lewjab-is mi i d-idduqes.
Ikfa leqṛaya. Irrat-id lḥiḍ. Ur yufi ara ula ad aɛbin fell-as. Wama tura aṛayi anef!
A tirga iṛuḥen mxalfa!

Targit mi texsi
Teğğa-d asemmiḍ...
Aniɣaṛ izzi,
Irra-t-id lḥiḍ

Ula d tina wukud isarem ddunit-is ur das-izmir ur das-tezmir. Anwi a yrefden wayeḍ, anwa a yṣebṛen wayeḍ.

Aṛğu aseggwas arnu sin
Temẓi tettfarfir..
Seg useggwas ar wis sin
Simi ar deffir...

Yuɣal yaɛṛaq ula d anwa a ylum. Igwra-d ittlumu kan iman-is. Ala iman-is kan i d-yufa zdat-s. Ala iman-is i ulac win i das-ittalasen ma yebɣa ad t-ilum. D iman-is kan i yellan af afus. Hmej[96] deg win i k-iqaṛben!
Mi yezzi af tirga-s yufa-tent ftutsent. Ur igi uftutes ar iceqwfan[97] i d-segwrant. Iceqwfan netun.

Tirga mi ftutsent
Netunt am idmim...
Ndama am testent[98]
I tfellu agwlim

96 Hmej : mordre violemment.
97 Aceqquf : éclat, morceau.
98 Tistent: poinçon, pointe de couteau

Ula d lemri anda ittwali ddunit-is iftutes. Qimen-d kan iceqfan, qḍaɛn am widak n tirga. Iceqfan ma tunfeḍ-asen di lqaɛa ad ten-taɛfseḍ ad ak-ntun deg wul uḍar, ma tejmaɛḍ-ten-id, ad ak-ntun deg ufus. Netu ad ak-ntun. Cama ad ak-tt-id-ğğen.

Tin akken isarem ad icrek yid-s ddunit-is, ar melmi ad tt-iḥeṭen[99]? Mačči netta tḥeṭen-it ddunit ad iglu yi-s nettat. Teṭef-it ddunit. Wisen akw ma ad as-isensar.

Yal ass am akken ad t-id-ittar d tawattra. Iḥulfa am akken d arbib di ddunit. Am akken tudert-is d taɛkumt af wid i t-iḥemmlen. Ayen deg a senden ɣuṛ-s, d netta a yɣellin fell-asen. Akka i yettḥulfu. Ur d-gwri ara ma d tidett neɣ ala. Tidett dayen ittezin deg uqeṛṛu-s.

Netta lukan i dasen-inna dacu ittḥulfu, ahat ad as-ksen aɣwbel, ad as-inin: mačči d keč i d taɛkumt, d nekwni i d-bbwi ad nesetḥi. D nekwni i k-iɣuṛen. Neqqaṛ-ak ɣeṛ kan ayen nniḍen d cɣwel-nneɣ. Keč ayen illan fell-ak txedmeḍ-t: teɣṛiḍ. D nekwni ur neṭif ara deg wawal-nneɣ. D tamurt i yuɣalen deg awal-is, texdaɛ! Tegga-yak leɣṛuṛ.

Netta ur dasen-inna, niteni ur das-nnin. Yal wa izdel af tyita-s. Af tmes-is.

Netta ifaden kkawen
Yara-t-id lḥiḍ
Niteni mi t-walan akken
Irkeb-iten lɣiḍ

Lḥila[100] i d ittara lḥiḍ yal ass ad tuɣal ad tqecem...

Ay ul anda yella leslak
A laɛqel anda-tt tsensart[101]
Ay ixf-iw anda-tt nnuba-k
tudert-ik amzun d tabzart[102]

Ayen af immaɣ ad yuɣal d ṭaɛwiṣt[103]. Ayen inuda ad irwel.
Irfed, Isers, iwala ḥaca neffu i d-igwran.

---

99 Ḥeṭen : retarder, faire attendre plus que de raison.
100 Lḥila : récipient, contenant.
101 Tisensart : salut, fuite
102 Tabzart : dîme, impôt.
103 Taɛwiṣt : difficulté.

Tikwal ddwa iqeddaḥ aktar, n lahlak.
Ddwa iqedḥen, ma yegla-d s ḥelu amzun...
Zik neffu amzun d daεwesu. Win ittewten ad infu. Zik win Infan qqaṛen-as aḥlil, tura qqaṛen-as awi yeddan yid-k! Imi neffu yuɣal d targit.

Irfed, isers
Ijfel isɣeṛs

Tamuɣli ar deffir ulac. Ar zdat tezwar tasa, xas ul a yettakwer aḍar[104].
I tina i t-iṛğan? Iṛuḥ la cwaṛ la slam. Iṛuh am umakwar.
Ulac ul-nni ar ad tt-imuqlen s allen ad as-yinni: ala ayen iaεdan ifat, ur d-ifka ara zheṛ-nneɣ...

Xas jebbed uglan tuɣmas
Ma ifat taεkes
Ma tewqaε am tneggas[105]
Ma tedda-d ad teftutes

Iqqaṛ-as deg ul-is, ṛuḥ amar ad trebḥeḍ deg ubrid-im. Abrid-iw nek iban. D tawafɣa n ubaṛik[106].
Ibbwi-d ṭlaba, ismar-itt di Ibiza.
Akka i tebɣa tmurt. Uṛaεd ibdi targit, iduqes-d, uṛaεd imlal, ifṛaq. Uṛaεd i d-iṛeba targit tqecem.
Mi yebbweḍ, yars am yifer i d-ibwi waḍu. Yurar-yis alami yaεya ibra-yas. Irfed isers, igzem-itt d ṛay ad yaru tabṛatt, akken ad isefhem i widak iḥemmel ayen i d-infa. Xas reffu illa, xaṛsum amar ad fehmen times i t-iččan alami iğğa tamurt. Xaṛsum ad as-ğğen ciṭaḥ n umekan deg ulawen-nnsen. Ma yuɣal-d.
U daɣen iqqaṛ-as amar ad fehmen inegura, amar ur ten- ttağğan ara ad biben taεkumt waḥd-sen. Amar ad ḥefḍen ad qqaṛen ayen i ten-irḥan. A d-suffuɣen i yttezzin deg ulawen-nnsen.
Mi i d-ismekta, irra-d nehta, yura:

Ay ul-iw ifna-k sbaṛ ma ad tiliḍ d lḥaṛ
Aṭas i sebṛaɣ degmi i sɣaṛseɣ

104 Akwer aḍaṛ : faire quelque chose à contrecœur, traîner la patte, être réticent.
105 Tinegist : boule d'angoisse
106 Abaṛiq : fourmi ailée. Tawafɣa n ubaṛiq : voyage sans retour.

Ad teddu neɣ ad tequrmeḍ [107]
Aṭas i ḥezbeɣ alami curfeɣ
Di laɛmeṛ uṛaɛd nesaweḍ
Aṭas i sebṛaɣ, aṭas i sarmeɣ
Nettat ziɣ simi a tzemmeḍ

Ay ul-iw ifna-k sbaṛ ma ad tiliḍ d lḥaṛ
Tezga i wul sṛima
Lfeṛḥ-nneɣ s wugur
Qqaṛen argaz ur ittru ara
Win isebṛen ad yaɣ amur
A yemma akka i d ttṛebga
Tesufeɣ-aɣ laɛtab s agejdur[108]

Ay ul-iw ifna-k sbaṛ ma ad tiliḍ d lḥaṛ
Wa iṛeba-d mmis d lḥaṛ
Anda i t-id-yufa i t-iğğa
Wa imla-yas amek ad iḥaṛ
Alami i d-yuɣ tirugza
Winna akken yugaden laɛṛ
Atan di tmura yenza

Ay ul-iw ifna-k sbaṛ ma ad tiliḍ d lḥaṛ
Laɛslama-k a ṣbaṛ
Ass-a ad ak-qiseɣ taqenduṛt
Segmi i d-nlul a k-neqqaṛ
Nesaweḍ ar deffir tebburt
Ma ɣuṛ-neɣ i tefkiḍ aẓaṛ
Nek aqlih ğiɣ-ak tamurt

107 Squṛmeḍ : arracher brutalement (au lieu de cueillir proprement)
108 Ewwet agejdur : se lacérer le visage, de douleur ou de dépit.

Tirga n temẓi

Tirga n temẓi

Tirga ttemxalafent.

Yal wa deg-neɣ dacu yesarem, dacu yurga. Xas ittemxalaf amek i tent-nettargu, tiɣawsiwin i nettargu kifkif-itent. Aṭas i nurga mi meẓiyit, d taxeṭayt[109] deg-sent i yeffɣen. Ad twehmeḍ, xas ulamma tirga ugar tidak i sanqaṛen tidak i teffɣen, d nitenti i d aɛwin n tudert.

Anwi deg-nneɣ ur nurgi? Anwi deg-neɣ izemren ad yini nek fɣent akw tirga-w? Win ad yinin akkeni, ha ur icfi ara dacu yakw yurga, ha ur yurga ara aṭas. Di snat n tegwnatin, aḥlil.

Yal mi d-nuder tirga, ittṛuḥu yiles ad yarnu awal n temẓi. Amzun ala temẓi i yettargun. Tidett seg wasmi ad nlal alama d asmi ad nemmet, nekwni d asirem, d tirga. Mi tesanqaṛ yiwet n targit ad tt-nbeddel s tayeḍ. Am tejṛa mi i das-igzem wedfel afurek ad semɣi wayeḍ neɣ ma ulac ikfa usegmi, ad temmet. Am ufṛux, mi yeqla yiwen n yifer ad t-id-iɣṛem, ma ulac ikfa uferfer.

Tirga am ifarawen, xellfent.

Simi i tent-ḥaṛseḍ s wegzam simi xelfent.

Asirem simi i d-ittaf zdat-s uguren, simi ittimɣuṛ.

Simi ittwaraz simi ijebbed ar zdat ad iseɣṛes.

Simi i das-tettaraḍ takwmamt simi ittsuɣu.

Asirem d tirga, gemmun di lḥaṛs. Targit ayen akw ur teffiɣ ara, tettimɣuṛ. Mi teffeɣ temmut. Asirem am asif, simi i t-ḥaṛsen yiran deg udrar simi yettiğhid ittkufut. Mi yebbweḍ ar littaɛ deg uzaɣaṛ, ittmettat, tikwal ites-it ṛmel. Tirga tturebayent uqbel ad fɣent. Ama d tirga n temẓi ama d tirga n

109 D taxeṭayt i... : rare celle qui...

temɣwaṛ. Ama d tirga n tayri ama d tirga nniḍen.

D tirga i yettarran tikwal tikli tif asiweḍ. Tadukli d tayri n wusan n tikli, ttifent tidak n wussan usiweḍ.

Ay ul yuysen ur isawaḍ
Tikwal abrid yif agwaḍ
Agwaḍ nesarem am yetri
Mi i d-ibbweḍ, tif-it tikli
Iferḥ n wasmi sarameɣ
Yif tidett asmi i tt-bwḍeɣ

Muqel kan: sekra n widak ikecmen di tegrawla, mi sawḍen sani ttargun ad uɣalen ad ttargun asmaken mazal uṛaɛd sawḍen. Asmaken llan zdin am yiwen niteni d yemdukal. Axataṛ deg wussan n tikli, n unadi, n umennuɣ,d targit d usirem i yesedayen imdanen. Ttuɣalen imdanen s yiman-nsen d nitni i d targit, seg wakken i ten-teččuṛ. Ittuɣal umdan itettu iman-is, ittidir i wiyaḍ, ittidir i targit i t-izduklen d wiyaḍ. Ittuɣal d aɛeqqa di tirect.[110] D tirect i d tudart, aɛeqqa d abruy[111] kan deg-s. Yal aɛeqqa isaram ad isemɣwaṛ tirect. Mi tekfa tegrawla, ikfa unadi, ikfa umennuɣ tesaweḍ targit teffeɣ, amzun d iɣzeṛ i d-imugren littaɛ uzaɣaṛ. Iṛuḥ ur iban lateṛ-is. Mi tesaweḍ tegrawla, tekfa targit-nni yezdin ger imdukal, ur d-igwri wara i ten-izduklen, dɣa ad mfezwayen[112]. Ad yuɣal uaɛeqqa ad ittu tirect, ad yuɣal webruy ad iqqaṛ d nek i d tirect. Widak-nni zik teččuṛ targit ad gwrin d ilmawen. Ilem-nni ad t-iččaṛ ṭmaɛ. Dɣa wa ad yuɣal am uḥecad ad ileqem targit tayeḍ, ad ibdu anaḍaḥ s wada. Wayeḍ ad yuɣal am taɣaṭ ad ittɣeẓ isegman uḥecad-nni yal ma a d-gren. Ad uɣal tmacahutt s wada, ar targit-nni ḥeṛsen leḥyuḍ...

Yal targit mi tesaweḍ teffeɣ, ad tarew targit tayeḍ. Mi d-urew targit a das-d-arnu lḥiḍ a d-tt-iḥṛes.

Lḥid d targit d akniwen. Mačči kan ala tazemurt i seg i d-ittek ufus n tqabact i tt-igežmen!

D iḍudan iduklen fsan taduṭ i ytettin tikwal d iqaṛdacen.

Llan wid i d-iqqaṛen ula d tirga n tayri akken.

Tayri tettimɣuṛ di lḥaṛs.

---

110 Tirect : tas (de céréales ou de légumes secs)

111 Abruy : grain (généralement pas de céréales), particule.

112 Mfezwayen : se sont dispersés.

Tayri am inijel tettḥemmil zaṛb. Udem ittaɛziz deffir cqayeq. Awal ittiziḍ di lkaɣeḍ. Ula d aqquṛ[113] cna yakw aḥnin icennu-t di lqwebz.

Dacu isemyaraden[114] ger tayri Akw d tegwrawla, tirga n tayri ur d-gwarint ara yakw s ddaw ṛmel. Lant tidak iselken, menɛent. D tidett, targit n tayri ma uṛaɛd i teffiɣ, tecba iɣzeṛ, tesedday ayen tufa zdat-is. Idda zaṛb, tedda tceṭabit[115], idda wezṛu d uqejmuṛ. Ma ifat teffeɣ, tebweḍ am iɣzaṛ s azaɣaṛ, tettrus. Acu, iɣzeṛ mačči ala mi a yettkuffut i yeğhed. Illa lğehd ula di trusi. Maččí ala tayri n temẓi i yğehden. Tettban-d aktaṛ imi kan tettkuffut. Ula d tayri n temɣwaṛ, xas tettrus, ur tneqqes ara.

Temẓi mi d-ger tiskert
Tettɣil ulac s nig-is
Tettɣil aḥemmel d tazmart
Cib amzun d arbib-is
Tettɣil ul am tgwecrart
Ineqqes lğehd n tayri-s

Tayri n temẓi am yeɣzaṛ
Di tefsut i yettkuffut
Ijeffel ittawi iqwjemyaṛ
Idda zaṛb tedda teɣzut[116]
Idder ayen idder wanzaṛ
Mi yaɛdda ubandu nettu-t

Am zzit t-ḥrez lḥila
I tettrus tayri n temɣwaṛ
D taɛwint idurin izṛa
Ur tettkuffut ur tettɣaṛ
Tecba asif di luḍa
Isemḥalaq i wzaɣaṛ

Tayri ur tecqi deg udmawen
Am tzizwitt tadarɣalt
Ur tessin iseggwasen
Tezuzun-aɣ si tattalt

---

113 Aqquṛ : rossignol

114 Semyared : Faire la différence, la distinction, discriminer.

115 Taceṭabit : mur de pierres et de branchages pour retenir l'eau sur un cours d'eau et former barrage.

116 Taɣzut : champs (très fertile) en bordure de rivière.

Tesğğuğğug-aneɣ ulawen
Alama tebweḍ-d tmijalt

Asirem d tirga ttačaṛen amdan am idamen.

Lan wid i d-iqqaṛen, amdan ittmettat mačči mi ad as-ikfu ufud, ittmettat mi ad as-kfunt tirga d usirem.

Qqaṛen daɣen, ula d ṭebba ur zmiren ara ad seḥlun win iqḍaɛn layas af tudert. Wisen ma d tidett neɣ d timucuha. Ulac win i d-yuɣalen ad aɣ-d-yinni.

Tirga mačči d tamsalt n temɣwaṛ.

Temɣaṛ mačči d tamsalt n iseggwasen.

Yal taɣawsa dacu i tt-idemiren ar zdat: Ifer isedday-it ubeḥri, asigna i neheṛ-it waḍu. Imɣi i jebed-it yiṭij, amdan i rekkeb tirga-s.

Lamer mačči d tirga, ur d-nettjab ara afud ur nezṛi ansi. Afud i d-ittekken nig tezmart. Afud i daɣ-isewhamen imi ur t-neḍmaɛ ara yakw. Ur nezṛi ara yakw illa deg-neɣ. Lamer mačči d tirga, ulac ayen a yeḍṛun. Lamer mačči d nitenti, tilli:

Ur ittenkar ara
Umulab i lafaɛ
Ulac win a yjebden amrar
Akken ad isenhed adrar
Ur ittiḥnin ara
Wuḥdiq s amcum
Ur yaɛdel ara
Yicer d weksum
Allen ur ttrunt ara
Mi aɛyant ad uɣalent s aɣṛum

Lamer mačči d tirga d usirem, tilli:

Ulac win ar a ywalin asif di cetwa
Ad iger iman-is
Ulac win a yaɛfsen times i leḥfa
Akken ad ijeṛeb zheṛ-is
Ur isefeḍ ara
Ugujil imeṭṭawen-is

Ulac win a yamnen
Win wukud ur iṭṭiḍ
Ulac win a yezenzen
Netta ur iqbiḍ
Ur ileḥu yiwen
Deg iḍ

Ulac win a yṣuben ad ifreḍ lbir ad ittkel af wayeḍ ad as-ideqaṛ amrar mi a yekfu.
Ulac win a yefken timẓin i wakal d lamana di cetwa akken ad as-d-yar iger di tefsut.
Ulac win a yettɣizin akkal ṭul laɛmeṛ akken ad yaf ddheb. Ulac win a yleqmen ayen ur ittɣellit.
Ulac win a yettren anzaṛ, mi a yilli igenni iṣfa am lelluc.
Ulac win a ysemṛen lmaɛun ma yilli adfel isemmaṛ tibbura.
Lukan maččì d asirem d tirga ulac win a yettwalin:

Tejṛa amzun temmut
Di ccetwa akken tegres
Ad tt-id-ittxayal di tefsut
Amek akken ad teskumbes

Ddunit d tirga. Amdan d targit. Yiwen uḍaṛ d targit yiwen d asirem. Amdan ur nettṛebi la asirem la targit, iḍḥa-d ur isɛi ara iḍaṛen af a yeddu. Amdan ur nesɛi ara iḍaṛen, ad igwri ileḥḥu af uaɛbbuḍ. Win ileḥḥun af uaɛbbuḍ ur ittwali ara ayen aɛlayen.
Targit, d usirem.
Teqqaṛ-as ttaryel: kulci ddbaɣ-t[117] ar ttṛebga teddeb-iyi. Iqqaṛ-as win iḥekmen: amdan ddbaɣ-t ma d tirga-s ddbent-iyi.
Imi di tmucuha i neṭeḍ tirga-nneɣ timezwura:
Macahu.
Tella yiwet n twacult, am nettat am twaculin nniḍen. Ababat d tyemmatt xedmen, mmi-tsen d yelli-tsen qqaṛen. Tameddit mi d-mlalen, ttmeslayen. Ababat-nni, imi di beṛṛa i yxeddem, ittḥemil ad isteqsi arrac-nni:
Aqṛur-nni yettargu kan ad iffeɣ d alɣuɣ, deg waddal. Iqqaṛ-as, nek ad fɣeɣ d alɣuɣ di takurt uḍaṛ! Ad urareɣ ar JSK s yenna ad fɣeɣ ar lbeṛani, ad awiɣ

117 Ddeb : dompter

tabuqalt n ddunit...ittargu akken ttargun akw warrac illan anect-is.
Taqṛuṛt-nni teqqaṛ-as nekkini bɣiɣ ad fɣeɣ d tamusnawt tameqwṛant ad snulfuɣ isufar ad iseḥlun yal aṭan iwumi uṛad i d-ufin ddwa!
Baba-tsen d yemma-tsen ttecmumuḥen, qqaṛen ncallah ! ur nugi ara, idir a taṛwiḥt!

Aɛddan wussan, yuɣal weqcic ittu yakw asirem-nni ad iffeɣ d alɣuɣ. Irra-tt s igenni: iqqaṛ-as nek ad ɣṛeɣ alama sawḍaɣ yibwas ad ṛuḥeɣ s agur neɣ ahat akin...
Taqcict tettu asnulfu isufar a yeseḥlun yal aṭan. Tuɣal teqqaṛ-as: nek bɣiɣ kan ad fɣeɣ d ṭaṭbibt akken ad lawiɣ igelilen baṭel.
Akken akken, arrac-nni simi leḥḥun di laɛmeṛ simi ttbeddilen tirga s tiyaḍ. Mi beddlen targit, tamezwarut-nni ad tt-ttun. Ur ttnuɣnin ur neddmen. Akka ilmeẓyen akw n ddunit: tekksen tirga akken izrem itekkes tislest. Mi tekkes teqdimt ad tuɣal tmaynutt. D tagwlimt tamaynutt i yesṭarḍiqen tagwlimt taqdimt tettuɣal d tislest.

Di temẓi tirga ttkuffutent. Allaɣ n win meẓiyen am iɣzeṛ di tefsut, ulac dacu ad t-iḥebsen, ittneggiz i yezṛa, ittcerig tiɣwezza, ineǧǧeṛ abrid ula deg uzṛu. Mi yers ad yuɣal s amḍiq-is.
Ihi seg waddal, ar s igenni, seg igenni ar s asnulfu n isufar, s yenna uɣalen ar tira n tektabin, uɣalen ar tsertit, sarmen ad beddlen tikli i tmurt s yenna i ddunit meṛṛa. Qqaṛen-as, lbaṭel iban, lḥaq iban. Ayen ilhan iban, ayen n diri ad t-nezuzef. Ur zṛin ara, d tagi uzuzef n wayen n diri i d targit akw tameqwṛant i yurga wemdan. Ar ass-a mazal a tt-ittargu. Seg wasmi i d-tebda ddunit i tebda targit agi. Alama d asmi ad tenger wisen ma ad teffeɣ.
Asmi meqwṛit citaḥ qṛib ad kfun leqṛaya, uɣalent tirga-nnsen am akken arsent-d ar lqaɛ: uɣal saramen ad fuken leqṛaya, ad zewǧen, ad sɛun ixxamen akw d ṭunubilat, ulac ayen ad ten-ixaṣen. Simi a d-tettaqṛab tegwnitt n tidett simi tirga-nnsen a seqṛabent tarusi. Am ufṛux icaṛḍen tazdayt akken ad yars fell-as, simi i d-itedu yiḍ, simi yettnadi ulama d tuzalt[118] ad idari ddaw-as.
Akka, tirga ɣelint am tuɣmas.

118 Tuzalt : églantier

Alami tikwal, nettkakru acmumeḥ.
Mi d-fuken leqṛaya, walan ulama mačči d lmuḥal ad siwḍen sayen bɣan, ad rren axxam ad aɣen ṭunubil. Acu am akken ad ibaɛd ciṭ melmi ad teffeɣ targit...
Bdan am akken nuɣnan mi walan ibaɛd umecwaṛ. Uɣalen ula d ameslay ur d-ttmeslayen ara af ayen saramen. Am akken setḥan ad inin tirga-nnsen.
Baba-tsen iwala tiktiwin a yttezin deg wallaɣen-nnsen diri-tent. Inuba-ten, inna-yasen: ihi a tarwa dacu-t akka yakw a tesaramem? Acḥal ayagi ur diyi-d-nnam dacu illan deg ulawen-nnwen.
Susmen warrac-nni. Susmen, susmen, uɣal inṭaq yiwen deg-sen inna-yas: tura imi i daɣ-d-nubaḍ ad ak-d-ninni:
tirga-nni yakw n temẓi nezgel-itent akken ma llant. Ur tetteffeɣ yiwet. Ur d-nettufrar ula deg yiwet n tɣawsa. La deg wadal, la deg usnulfu. Ula di leqṛaya ad nekfu am nekwni am wiyaḍ.
Nesarem ad nufrar tagara aqlaɣ am nekwni am medden, d tudart kan n menwala. Ur nebbwiḍ ur nettaweḍ s ayen akw nesarem. Tikwal neqqaṛ-as: tudert n menwala ula iwumi-tt!
Inṭaq baba-tsen s teḍsa, inna-yasen : tudert n menwala akka am tudart agi yinu ! Am tudert n baba-twen! Naɣ nek a tarwa d tudart n menwala ayagi a ttidireɣ?
Arrac-nni gugmen. Amek, baba-tsen? D tudert n menwala? Taddart akw tḥemmel-it, tettqadaṛ-it! U niteni daɣen baba-tsen ulac win i ḥemmlen nnig-s! Wehmen.
Ruḥen ad as-innin: keč mačči kif kif, d babat-nneɣ, teskṛeḍ-aneɣ-d, seg wasmi i d-kṛeḍ keč d yemmat-nneɣ d ixeddamen, ulac ayen i daɣ-ixuṣen, uyarnu nezṛa axwedim-ik iwaɛṛ, yaɛteb.
Ur ten-iğği ara ad as-d-innin mačči d keč i d-nelha. Inna-yasen: arğaw, ur diyi-d-ttarat ara. Arğaw ad awen-d-arnuɣ asteqsi wayeḍ:
Amek, tɣilem asmi meẓiyeɣ sarameɣ kan ad iyi-d-iṣaḥ uxwedim yaɛtben? Ur sarmeɣ ara ad ifrireɣ ger tezyiwin-iw? Amek nekkini tɣilem ur urgaɣ ara ad ččeɣ aɣṛum s iɣimi, tawacult-iw ad tili ulac akw ayen ad tt-ixaṣen? Ad rebḥeɣ, ad serbḥeɣ yakw medden? Ad kesbeɣ axxam di taddart, axxam di temdint wayeḍ af rif n lebḥaṛ. Ad kesbeɣ ṭunubilat...ad sɛuɣ yiwen uḍar dagi wayeḍ di beṛṛa. Waqila tɣilem ibabaten akken kan i d-

ttlalen d imɣaṛen, ur d-kin abrid n temẓi, ur urgan, ur sarmen?
Ikfa s wawal agi:

D tirga nesrus i treffdem
Seg wasmi d-tebda ddunit
Ntettu tettimɣuṛem
Tettettum nekker-d meẓiyit
Ccib idder s usirem
Ma temẓi teddar s targit

Isusem akken ad yar nnefs. Ula d netta ur ibni ara akken ad iḥmel wul-is. Ziɣ aṭas i yexzen. Ciṭ kan n waḍu qṛib i d-icebwel lebḥaṛ-is. Ay aḥbib a laɛqel! Ur ibɣi ara ad ikfu ameslay netta d warraw-is s tmaṛzagut. Iskuki[119], inna-yasen: a tarwa bɣiɣ kan ad awen-d-inniɣ, belli mačči kan ala temẓi i yettargun. Am tmucuha, mačči kan ala widak meẓiyen i ytthemmilen timucuha. Timucuha deg-sent i neɣṛa, deg-sent i neqqaṛ. D nitenti i daɣ-d-isekren. Tamacahutt tesway targit, targit tettuɣal d tamacahutt. D anwi i d Isas n tudert, d idamen neɣ d ul? akken tirga d tmucuha.
D timucuha i daɣ-ittaṭafen afus si temẓi alama d temɣwaṛ. Ula d nek asmi meẓẓiyeɣ, aṭas n tmucuha i sarmeɣ. Yarna-yasen-d:

Režžunt-d am izaṛzaṛ
Ifsin tifarett i trusi
Neɣ am tmiqa n wanẓaṛ
Ma yili yiṭij d asefsi
Zedɣent-iyi ger lecfaṛ
Timucuha-nni n temẓi

Timucuha-nni n jida
Tidak wuɣuṛ neseḥmay
Tsenni-tent ta ɣer ta
Alama nebda a nettfay[120]
Ifrax leqwḍen aɛeqqa
Nekwni nleqweḍ ameslay

Timucuha nni n warrac

---

119 Askuki : soupir (de lassitude)
120 Fay : bailler.

Mi nebda nleddi allen
Akken kan neṛẓa tuaɛlac[121]
Nɣil nebbweḍ d irgazen
Mazal ur nfaq tikerrac
Akw d slam i ddukulen

Timucuha-nni n wasmi
Nettaɛwad lewhi i ddunit
Mi netthibi nettmili
Ger ṣbaḥ akw d tmeddit
Aken kan neffeɣ i temẓi
Uṛaɛd daɣ-texsi targit.

Timucuha ur nkeffu
Asmi i naɛwed s wada
Ar zdat izwar wagu
Ar deffir gwrant tirga
Ulayɣaṛ i dawen-d-neḥku
Tamacahutt deg i d-nekka

Tamacahuţ deg i nella
Deg mazal a nettɣizi
Ad tt-nesselhu am isura
Ad tt-neseḍbaɛ am timmi
Nebɣa ad tekfu akken ilha
Am tmucuha-nni n temẓi

Arrac-nni werğin i d-yusa ar s aqeṛṛu-nnsen babat-sen d yemmat-sen kren-d d arrac. Am niteni, urgan sarmen, uɣalen ţfen kan ayen i ten-i-d-iṣaḥen.
Neţqen ar baba-tsen: ur d baneḍ ara d ameɣbun am win iwumi sanqṛent tirga. Ur d-baneḍ ara d ameḥzun am win iwumi yufeg usirem! Amek yaɛni, tnekṛeḍ tirga-k, neɣ.....tettuḍ-tent? Amek akka a k-nettwali iḍṣa wudem-ik u yarnu maččí d akellax. Iban ihenna wul-ik s tidett.
Irra-yasen-d: uqbel a dawen-d-inniɣ dacu i diyi-ğan xas tudert agi a ttidireɣ ur tcuba-ara ar tina akken i ttwaliɣ di tirga-w asmi meẓiyeɣ, bɣiɣ akwen-id-steqsiɣ daɣen: tesarmem ad ufrarem yakw di ddunit ama deg

121 Tuaɛlac : dents de lait (quenottes)

wadal, ama di tira n idlisen, ama deg usnulfu n isufer n tezmart, ama di tsartit...tesarmem ad trefdem imdanen n ddunit meṛṛa, tesarmem ad astaεwdem lewhi i tmurt. Ahaw san fkket-d :

- Ismawen n widak akw illan d ilɣuɣen, i d-yufraren akw di dabex uḍaṛ? Neɣ di temzizelt neɣ deg ayen nniḍen?

Mesmuqalen warrac-nni, nnan-as ur necfi ara yakw fell-asen.

Inna-yasen: i yismawen n iselmaden, neɣ lecyax n uɣerbaz, i kwen-iseɣṛen seg wul, i dawen-islemden tiɣawsiwin i tufam di tudert-nnwen, illa win af tecfam?

Nnan-as: nezmer ad ak-ten-id-ninni yiwen yiwen.

Inna-yasen: tzemrem ad iyi-d-fkem ismawen n widak akw i d-isnulfan isufer s wayes a ttlawin lahlakat di ddunit?

Mesmuqalen daɣen, nnan-as ur nezmir ara, ur necfi ara fell-asen

Inna-yasen: tzemrem a diyi-d-fkem, ismawen n imdanen iwumi tḥedṛem xedmen lxiṛ i win i t-iḥwağen?

Nnan-as nezmer!

Inna-yasen: tezmrem ad iyi-d-fkem isem n walbaḍ i tecfam ixdem-awen lxiṛ yibbwas, xas ulukan dayen meẓiyen?

Nnan as: mačči ala yiwen i nezmer ad ak-d-nefk.

Inna-yasen: Anwa amdan infaεn imdanen n ddunit meṛṛa?

Nnan-as: ur nezṛi ara, iwaεṛ ad iniḍ, yal wa amek.

Inna-yasen: tzemrem ad iyi-d-fkem isem n xaṛsum yiwen n wemdan infaεn taddart-nneɣ?

Nnan-as: nezmer!

Uɣalen warrac nni a fehmen ciṭ ciṭ dacu ibɣa ad yinni babat-sen.

Inna-yasen, ihi a tarwa, ur muɣbneɣ ara, xas d tudert n menwala akka a d-qaṛem axataṛ fehmeɣ amdan ifazen d win isaramen ad yeg abrid deg udrar, si laεḍil ad yaweḍ ar dina itekkes azṛu yellan deg ubrid.

D win isaramen ad isefṛaḥ akw imdanen n ddunit, sya ad isiweḍ ar dina, ittaεṛaḍ ad isefṛaḥ xaṛsum yiwen n wemdan yal-as, u yarnu izegwir seg at wexxam.

D win ittargun ad t-ḥemmel ddunit meṛṛa, ibeddu akken ad t-ḥemmlen wat wexxam, s yenna lğiran, s yenna taddart.

D win isaramen awal ad yinni ad iseḥlu leğruḥ n medden meṛṛa, sya ar imiren ittmuqul amek ar ad yinni awal ziḍen i win i t-iḥwağen. Ittaεṛad ad izraɛ acmumeḥ deg ubrid-is.

D win ittargun tamuɣli n medden akw ɣur-s, sya ar imiren, ittmuqul ad t-id-muqlen iɛeggalen[122] n wexxam akw d imdukal s lfeṛḥ.

D win isaramen ad yili am yiṭij, sya ar imiren ittaɛṛaḍ ad yilli xaṛsum d tacumaɛtt i widak illan di ṭlam.

Akken ad kwen-ḥemmlen widak i kwen-isnen, zegwiret laɛqel, awal n diri mi i d-iffeɣ, iffeɣ-d. Yif ad k-iqṛaḥ wawal ad tkerceḍ tuɣmest ad tsebṛeḍ walla ad k-iffeɣ laɛqel ad iniḍ awal ad tuɣaleḍ ad tkerceḍ iles-nni i das-d-ibran! Ur dawen-qqaṛeɣ ara uɣalet d izṛa, ayen i dawen-iḍṛan sebṛet, ala. Zṛiɣ lan kra n imdanen, simi i dasen-tettawiḍ simi i dak-ttaɛbin. Bɣiɣ-kwen uqbel ad inim awal, a das-tmeyzem ma d nned[123] n wawal i dawen-d-ittwanan. Ma ur tettbedilem ara duṛo s fṛak, ma ur tesexṣaṛem ara ttuba af ulac.

A tarwa, d win zedigen i yettugaden ammus.

D win aɛlayen i yettugaden ad iɣli.

D win izwaren i yettugaden ad igwri.

D win iwumi yaɛmer wedriz i yettugaden ad t-ɣanzun medden, ad iqqim weḥd-s.

Degmi qqaṛen ay aḥbib a laɛqel, a laɛqel-iw uɣal-d ɣuṛi.

Ay aḥbib a laɛqel. Win isaɛn laɛqel-is d aḥbib-is, anwi i t-yifen? Ad tsɛuḍ laɛqel-ik d aḥbib ad tettemcawaṛem ahat d tagi i d targit akw tameqwṛant i yezmer ad tt-yargu wemdan. Dacu n sɛaya illan nig tagi?

Twalam ula di tmucuha-nni anda i d-ittefeɣ lmelk[124] s imdanen a dasen-yinni: caṛḍet ayen i dawen-ihwan, tuqna n tiṭ a dawen-t-id-siwḍeɣ; werğin illa win i das-innan nek bɣiɣ ad tareḍ laɛqel-iw d aḥbib-iw! Suturen kan dheb, lyaqut, lebṛuğ d idurar n twiztin. Maččí d aɛṛaq i dasen-taɛṛeq, suturen kan ayen isehlen af lmelk ad asen-t-id-isiweḍ!

Zaɛf am ugris af uṛɣu, imiren ad as-tafeḍ lmahna[125], mi yefsi, ad yuɣal wurɣu aktaṛ.

Ur ttaɛnadet ara win ifɣen i webrid, awi-d kan win a yeskerker.

Tura daɣen, ur dawen-d-nniɣ ara ulac win ur netteceḍ ara, itettu ad imcawaṛ netta d laɛqel-is. Akken i dawen-d-nniɣ laɛqel d aḥbib-ik, tikwal ula

122 Aɛggal : membre (de la famille)

123 Nned: équivalent. D tinidwin, negh d tanuda: d'à peu près le même âge.

124 Lmelk : ange, esprit, génie.

125 Lmahna : apaisement, soulagement (de la douleur), plaisir.

d iḥbiben ttemxalafen af tɣawsa. Awi-d kan ad uɣalen.

A tarwa tismin s ayen ilhan.

Muqlet kan: ma tfesreḍ abarnus n leḥrir af uzzu, neɣ inijel, ad t-isxenzar[126].

Degmi leḥrir ittbaɛd af inijel.

Inijel i das-izemren d amger. Ad yimɣuṛ ad yimɣuṛ yiwen wass ad imlil amger.

Asirem-iw nekkini, ad iyi-ḥemmlen widak sneɣ. Axataṛ a tarwa, ma tebɣam ad tezṛem ma tesawḍem, ma telham maččči di lemri a tettmuqulem imannwen, deg wallen n wiyaḍ. Ikfa s wawal-agi

Ay aḥbib a laɛqel
Reffu deg-i yettkuru
Deg wul-iw iɣza iɣzeṛ
Neğṛeɣ-t iqḍaɛ d asefru
Win ar a yḥaz ad t-idbaṛ[127]
D iles-iw i d amezwaru
Mi i d-iffeɣ idem-as iqwcaṛ

Ay aḥbib a laɛqel,
Ay ul trekbeḍ taɣenant[128]
Mi k-isaweḍ anda tkarheḍ
Teṭarḍqeḍ rrgmat ntant
Xas tendemeḍ ad tent-id-ṭfeḍ
Netta iqdaḥ mi sebbwant[129]
Kečči mi d-smektayeḍ

Ay aḥbib a laɛqel,
Ul-iw ibɣa ad iggal
Nek rriɣ-as sṛima[130]
Qaṛen ma ifellaq-ik wawal
Tti-t deg imi-k ad iblaɛ
Ttiɣ-t setta tikwal
Txuṣ-iyi tis sebbaɛ

126 Sxenzer : lacérer.

127 Dbaṛ : blesser, entailler, couper.

128 Taɣenant : provocation, surenchère, émulation vers la déraison.

129 Ssweb: s'infecter (pour une plaie).

130 Sṛima : bride.

Ay aḥbib a laɛqel
Uḥdiq ma temcenqaṛem
Macci d win i tt-ismendagen[131]
Xas ma ul-is irekkem
isebblaɛ imeslayen
Ma d ungif[132] ad ten-ittelem
Izehhu s ifeṭiwjen

Ay aḥbib a laɛqel
Win i d-icetlen[133] seg wezzu
Ma teɣliḍ deg-s ur teṭfeḍ
Qadeṛ-it ur das-itthulfu
Rrgem-it am netta ad tamseḍ
Wexxaṛ-as keččini d leḥlu
Ad imlil d wezzu wayeḍ

Susmen i tlata. S yenna babat-sen ikker. Niteni mazal-iten ayen akken i dasen-d-inna a ytezzi deg wallaɣen-nnsen. Simi i das-ttalsen simi am akken tagwenza-nnsen[134] ikarsen acḥal tebda ad tfetti ciṭ ciṭ.

131 Smendeg : attiser
132 Ungif: ignorant, pas très malin, idiot.
133 Cetel: descendre (avoir pour ascendance).
134 Tagwenza: Destinée. Front. (où se lit la mauvaise humeur d'une personne), raie dans les cheveux.

Yal yiwen d tafellaḥt-is

Yal yiwen d tafellaḥt-is

Intaq ɣuṛ-s isteqsa-t.
Imuqel-it-id ur das-d-irri ara.
Inna-yas: amek aɛni ur tesineḍ ara tiririt?
Irra-yas-d: mačči d tamusni. Tban tririt, menwala isen-itt, ur yuklal ara usteqsi-agi yin-k tiririt.
Irna-yas asteqsi wayeḍ. Imuqel-it-id daɣen am tikelt tamezwarut, isusem.
Inuba-t: ula d wagi daɣen iban,degmi ur d-terriḍ ara?
Irra-yas-d: ala, wagi ur sineɣ ara tiririt fell-as!
Yal tasusmi dacu i d-qqar.

Illa usteqsi yettlaɛğen allaɣ n wemdan, imi yuklal ad tmeyzeḍ, ad tnadiḍ ad tafeḍ. Illa wayeḍ isluɣu lxateṛ. Tasusmi axiṛ.
Asteqsi am wagi: Dacu n nnfaɛ isɛa ufellaḥ? Seg akkeni, mačči d yiwet ar ad tebɣuḍ ad iniḍ tikwal ad ak-aɛṛqent, ad tesusmeḍ. Tirirt teshel: afellaḥ d netta i yaɛgcen imdanen. S tidi-s i d-ttebbwan larbayeḥ. D netta i yegan leqṛaṛ i tmurt i seg d-ittek yal cci. Afellaḥ neswa tidi-s, nečča laɛtab-is. Afellaḥ, ulac win ur t-nettkabar ara, ulac win ur das-naɛlaq ara ccan, xaṛsum s yiles. Negga-yas ccan meqqwaṛ, xas ulama ulac win ibɣan ad ibeddel tudert-is s tin ufellaḥ. Ḥemleɣ-k, qim kan din! Ulac win ur nreffed ara imsebel[135] s igenni, lamaɛna ulac win ibɣan ad immet deg umur-is!
Asteqsi wayeḍ: dacu n nnfa isɛa unazuṛ, neɣ ufenan?
Asteqsi amezwaru ishel, wis sin agi…

135 Imsebel : combattant qui sacrifie (à l'avance) sa vie pour une cause (généralement le pays)

Tella tririt srid neɣ qbala, tella tririt mendefir. Asteqsi agi af ufenan, d tirirt mendefir kan ad tt-iselken.

Akken ad tezṛeḍ nnfaɛ unazuṛ, meyyez kan lamer di ddunit ulac cna, ulac isefra, ulac taklult, ulac amezgun, ulac ula d ṛqem af ijeqduṛen. Tili tudert maččči d ddunit! Ula d seksu ad teččeḍ di tbaqit iṛeqmen ittas-d ẓid akteṛ.

Nnfaɛ, anazuṛ. Llan ula d imdanen ad ak-yinnin, sin agi n wawalen ur zmiren ara ad dduklen akken. Am ddkir[136] d wayeḍ, ttemdemaren.

Ihi, dacu n nnfaɛ i yesɛa unazuṛ?

Ur ttḥaret ara ad tarem af usteqsi. Aṛğut ad kfuɣ tamacahutt-agi, ahat ad as-tafem ixef-is. tikwal d lmal i daɣ-ittemalen ttbut.

Macahu.

Ad nesiwel tamacahutt n Zḍeğ (neɣ aweṛğeği, neɣ tejjaq, neɣ...) d tweṭuft. Dacu ad nesuter smaḥ di Jean de Lafontaine imi taduṭ seg-is i tt-id-nebwi, tawalma nellem-itt akken nniḍen. Taduṭ d tafṛansist, azeṭṭa s teqbaylit.

Uqbel ad nendah, muqlet kan: anida i dak-ihwa ddu di tmurt n leqbayel, taweṭuft yiwen n yisem kan i tesɛa. A taddart i dak-ihwa nadi, taweṭuft d taweṭuft. Yiwen n yisem i das-fkan leqbayel akken ma llan. Ahat lmi ɣuṛ-sen, taweṭuft d tanaɛmaṛt am ufellaḥ, beqqun ad tt-id-cbun. Ma yella d zḍeğ, acḥal d isem i yesɛa ulac tifrat. Qṛib yal taddart tettak-as isem! Imi ahat ur beqqun ara ad t-id-cbun. Xas timesliwt ḥemlen ad as-slen. Waqila dɣa, attan tririt af usteqsi-nni yinu, dagi kan. Ulayɣaṛ akw nuẓa ar zdat. Lamaɛna ifat nebda-tt-id. Diri win igežmen aṛuḥ i tmacahutt uqbel ad tekfu. Ilulaq.

Taweṭuft d zḍeğ (neɣ awarğeği, neɣ tejjaq, neɣ...aha ulayɣaṛ, tezṛam dacu i d-lhaɣ) d taqsiṭ ittwasnen di ddunit meṛṛa: di tmacahutt-nni n Jean de la Fontaine, taweṭuft tjemaɛ deg unebdu i ccetwa. Zḍeğ icennu. Meḥsub nettat d tanaɛmaṛt netta irra-tt i wuqeṛṛus, akken i d-usa akken. Mi d-bweḍ ccetwa neɣ tagrest ad immet si laẓ. Ar imdanen akw n ddunit, Zḍeğ d amaɛdazu[137], ur tufiḍ iwumi yelha. Ttɣezzin-as mi a yeqaṛ di ccetwa. Aṭas n imdanen i das-iqqaṛen anazuṛ am zḍeğ, imi cna, tamedyazt, tira... maččči d axweddim.

136 Ddkir : aimant.

137 Amaaɛdazu : fainéant, pas très volontaire.

Wisen tamacahutt-agi-nneɣ aniɣaṛ ad aɣ-tenhaṛ. Surfet-iyi, fɣeɣ i weḍṛef[138], ad nuɣal ar tmacahutt.
Macahu,illa yiwen wass di lexla, Zḍeğ d tweḍfin. Yal wa anida yecɣwel.
Zḍeğ iqqim mbɛid. A yetturar s snitra.
Tiweḍfin ttawint ttarant. Illa deg wawal, d taweṭuft! Yal ta dacu a treffed.
Ta d isɣaṛen, ta d iɛaqqayen, ta d lxwedṛa ta d lfakya.

Tafsut, azɣal ḥaṛtadem
Ibaɛac hebren iḍ d wass
Win yufan kra ad t-iddem
I ccetwa ad idlu fell-as
Zḍeğ di cna itellem
Di ɛagu i dasen-isenqas

Sya ar da yiwet si tweḍfin a das-teswaɛd i Zḍeğ. Iban aɛdlen. Yiwet n tweṭuft, tameqwṛant-nsent i tent iḥekmen,tbed af tezṛutt, snat n tweḍfin a das-sbuḥruyent akken a das-ksent azɣal. Tamaɛwent-nni yines, tbed ar tama-s, deg ufus-is attafttar[139] anda tettjarid ayen akw ikečmen ar temdint-nnsent. D nettat a tent-iseqdacen, i dasent-ittwehin anida ad xeznent ayen i d-sawaḍent. Yal taweṭuft i d-ibwin taɣawsa alama taɛdda-d fell-s a das-tini anda ad tt-tesers.
Tiweḍfin, zzant. Aɛgu, iṭij, ddmaṛ tugdi. Bdant a ttmeslayent gar-asent :
- Si ṣbaḥ a nqeddec, nemmut si aɛgu
- Eyamt ad nestaɛfumt ciṭuḥ ad nenezeh i Zḍeğ
- Yarnu cna-agi yines acek-it!
- Simi a ylehhu
Tamaɛwent-nni mi tent-wala beddent, tesendah-itent:
- Ahamt, ahamt ɣiwlemt, ilaq ad nfaṛes ussan ilhan, tagrest a d-teddu, aseggwas-agi ad twaṛ ! Leqdic ur ittali ara weḥd-s!
Zḍeğ, ula d netta ibda yaɛya. U yarnu iluẓ. Iḥbes cna, isers snitra. Aken iṛuḥ ad iddem kra ad t-yeč, tiweḍfin neṭqent-d, yal ta dacu i d-qqaṛ :
- Ayen akka i tḥebseḍ, teğğiḍ-anteɣ deg ubrid ! Ma tḥebseḍ acu ad aɣ-ikemlen leqdic !
- Aha a Zḍeğ, txil-k[140], cnu-yaɣ-d yiwet n cḍaḥ, ad nekkes aɛgu, nenzef!

138 Aḍṛef : sillon
139 Attafttar : registre, cahier.
140 Ttxil-k : s'il te plaît

- Ala cnu-yaɣ-d yiwet n tayri akken ad nesmekti!
- Ala, ala awi-yaɣ-d yiwen ucewiq, akken ad nekkes lxiq
- Hennimt-tt! Tin i das-ihwan ad aɣ-tt-id-yawi. Awi-d kan ad aɣ-d-icnu, atan meskin ur d-irri ula d nnefs segmi i d-inqaṛ yiṭij.
- D tidett, uṛεad iči ula d uči, nesufeɣ-as laεqel! ayen akw neqdec netta icna-t.
- D netta i daɣ-iṭfen taṛwiḥt wumag nefcel. Nek s yiman-iw lamer mači d netta ahat selmeɣ! Dayen nmal[141] ula d agmar n wayen ẓiden.
Tenṭaq tneggarut tḥawet-it:
- Arnu-yaɣ-d xaṛsum yiwet!
Zḍeğ, xas akken ixcawet si laẓ d aεgu, ibɣa a dasent-d-yek seg wul:
- Yarbaḥ, ahamt, ad awen-tent-id-awiɣ akw!
Zḍeğ, ilha wul-is. Sekra ubaεuc iqedcen, netta af tiṭ-is. Mi t-iwala ibed yaεya di leqdic ad iwehi ar ɣuṛ-s cna. Degmi:

A win deg-sen ifeclen
Ad ibed a das-itthesis
Acḥal tikelt i t-tettren
Ttextiṛin di tezlatin-is
Netta mi ten-izṛa cmumḥen
D winna i d tiremt-is

Imi yebɣa ad yeddu di lebɣi i tweḍfin, yuɣal ar cna akken i laẓ. Tiweḍfin myuṭafent seg ifasen, bdant a ceṭḥent, a teẓint d ameqyas. Tameqwṛant-nni-nsent ur d-wala ara imi ula d nettat teqqen allen-is a tesmaḥsis i cna-nni n Zḍeğ. Tefka ṭṛawa i wul-is. A tetthuzu aqeṛṛu-s, tettu iman-is, tettu anda i tella.Tesduqes-itt Tmaεwent mi das-tesla a tettsuɣu:
- Acaka i kwent-yuɣen? Tedrewcemt? Tiweḍfin ur ceṭḥent ara, ur zehunt ara! Qedcent! ddunit i leqdic! Ahamt, ahamt!
Tiweḍfin smaεuẓgent, ğant Tamaεwent alami i d-tuẓa ar ɣuṛ-sent, jebdent-tt-id ar gar-asent akken ad tecḍaḥ. Ḥaṛent-tt ar tlemmast, yiwet seg-sent temmeɣ-d, teṭef-itt seg ufus, tebda a tt-tesebṛuqul akken ad tecḍaḥ yid-s.
Tamaεwent, d tuẓmikt[142], ur tḥemmel cḍaḥ, ur tḥemmel ayen ifɣen af

141 Mil : en avoir marre, être dégoûté
142 Uẓmik : sévère, conservateur, rabat-joie.

tanumi. Ayen akw i d-ittbanen d amaynut tettkakru-t, d aɛdaw-is. Ulac ayen i tḥemmel a t-beddel. Tettɣama deg yiwen n wemkan, tettaɛdi di lḥafer-ines, ulac akka neɣ akka.
Tejbed, tesensar, tuzel ar Tmeqwṛant, tesafeg-as zhu-ni i deg tella.
- Muqel, muqel, atan ğant akw leqdic, ur zṛiɣ dacu i-tent-yuɣen! D tidarwect! Ula d nek jebdent-iyi ar tlemmast, bɣant ad glunt yis-i.

Tameqwṛant, ulama tebɣa ad tecmumeḥ, tebɣa ad as-tini asmi ad tceḍḥeḍ kemmini ad negmar di ccetwa! Teṭef iman-is. tebda a tettnaɣ tiweḍfin:
- Ahamt san ziɣ! Uɣalemt ar leqdic-nkwent! Dacu-t akka wagi? Maččì d cna d cḍaḥ i daɣ-d-ifnan[143]! Ma tebɣamt ad akwent-id-yaf useggwas ad itedun, gemremt!
Tiweḍfin mfaṛaqent nig wul. Ur bɣint ara, acku uɣent awal i Tmeqwṛant-nsent. Akken i tturebant.
Tameqwṛant, imi tent-wala muɣbnent, tebɣa ad fehment ayen ur tent-eğği ara ad ceḍḥent:
- Ilaq ad nfaṛes ussan ilhan. Tagrest ad teddu, aseggwas-agi ad twaṛ, ur nezṛi melmi ad zḍem. Ɣiwlemt, leqdic ur ittali ara weḥd-s!
Tiweḍfin nni, gar-asent, a snahmuyent[144]:
- Yal aseggwas akka, deg unebdu d anadi n wučči d isɣaṛen, di ccetwa d učči d tguni. Ur nwala ddunit ur nezhi, ur nefṛiḥ ur neqṛiḥ! U yarnu ccetwa, twaɛṛ neɣ teshel, nekwenti deg umruj, ur nezṛi tigert. Ntett kif kif, neseḥmay kif kif! Ɣuṛneɣ am tegrest useggwas-agi am tin iaɛddan kifkif-itent! Yal aseggwas i gweri-yaɣ-d wučči d isɣaṛen. Di tefsut ntett učči n useggwas iaɛddan, ma d amaynut i d-ngemmar nttefer-it i useggwas i d-iteddun akken ad t-nečč daɣen d aqdim! Ur daɣ-d-iffiɣ ara ad nečč ayen leqqaqen d ajdid. ddunit maččì d leqdic kan! Ilaq ciṭ i telwiḥt ciṭ i taṛwiḥt. D tidett, ciṭaḥ i waɛbbuḍ, ciṭaḥ i wul! Awin ixuṣen ixuṣ
Xaṣ nig wul, uɣalent ar leqdic. Ẓḍeğ ikemmel cna, ur igir ara iman-is. Maččì d cɣwel-is, ulac dacu i t-ibwḍen. Ulama ul-is irfa, ɣaḍent-tt tweḍfin. Akken a dasent-isnaɛt ul-is ur tent-iğği ara, iswaɛd-asent s ufus, am win ad asent-yinnin: tecqa-kwent, ur das-ttakemt ara awal. Yuɣal ar cna, isereḥ i ucewwiq d aḥnin maččì d kra. Ibɣa ad islef yis i lexwateṛ-nn sent.

143 I d-ifnan : qui est de mise.
144 Snahmu: grommeler.

Dayen iwumi yezmer. Netta iɣil drus, ar tweḍfin, isɛa azal meqqwaṛ.
Akkeni ma ɣwezifeḍ ay anebdu, tiweḍfin hebrent, Zḍeğ icennu-yasent.
Cwiṭ, cwiṭ, a yettmeča unebdu. Ibbweḍ-d haṛtadem, ula d netta, ibda a yttağa amḍiq-is.
Deg waḍu, ibda a d-iteddu sya ar da ciṭ n udeffel. D asxinčew kan, lamaɛna a d-ittaɛgin.
Tiweḍfin, duqsent, muqlent s igenni, nnant-as:
- A ɣiwlemt atan ibda-d udeffel! Ay ayemma tuɣal-d tegrest. Ɣiwlemt ɣiwlemt!
- Aseggwas-agi ur nwala ara ansi yaɛdda unebdu! D aferfer i yefferfer!
Tameqwṛant tebɣa ad tent-id-smekti:
- Nniɣ-akwent aseggwas-agi zik ad tebdu!
Tamaɛwent, seg wul i das-d-kka, tarna-d deg wawal-is. Awi-d kan ad taf sebba swayes ad tent-nnaɣ:
- Twalamt lamer am kwenemti taramt-tt i cḍaḥ! Ahamt ahamt! Ğğemt akw leqdic-nkwent, ad nenejmaɛ. Ikfa wegmar. Ɣiwlemt, tin ad iqqimen d tanegarut ad arreɣ fell-as tabburt! Ad taṛwu ṛay-is.
Tiweḍfin brant i leqdic, refdent dduzan-nsent, mseḍfaṛent d ajarid. Snat deg-sent ṛuḥent ar Tmeqwṛant, ṭfent-as-d afus akken ad ars seg uzṛu. Snat tiyaḍ, uqbel ad aɣent abrid ar wemruj ad frent, dment kra seg wayen i d-jmaɛnt, bwint-tt i Zḍeğ, akken ad as-ğent aɛwin. Zṛant ur isɛi ara lweqt ad igmer.
Tamaɛwent mi i twala snat n tweḍfin gwrant a ttağğant aɛwin i Zḍeğ, taɛgeḍ fell-asent:
- Ma ur d-ṛuḥemt ara ad rreɣ tabburt fell-akwent! Ur d cligeɣ ara, lawan d lawan. Tin igwran dnub-is i yiri-s. Ad ṭaṛwu Zḍeğ. Tiweḍfin-nni ɣawlent, zṛant ad tt-texdem. Fkant-as anexzuṛ ičuṛ d reffu. Lamer allen-nnsent d lfuci ahat ɣeḍlent-tt.
Mi kecment akw s amruj, tarbaɛt telha d urgal n cqayeq akken ur ikeččem ara waḍu. Mi kfant,saɣent times, bdant a tthegint amek ad saɛdint ccetwa.
Di beṛṛa ur d-igwri ccek. Tebweḍ-d ccetwa

Tebda tmurt a tettcitiw
Ccetwa tebweḍ-d nuba-s
Adfel ibda a d-isxinčiw

A ytezzu am uḥlalas
Sekra n win iffren ibiw
D lawan ad iglu fell-as

Aḍu ibda a yregwi igenni. A yezuɣuṛ ṣut-is si tiɣilt ar tayeḍ. Tikwal d zhir, tikwal d ameǧǧed, a yrennu leḥzen i tmurt. Tjuṛ a dasent-iɣelli yifer amzun a ttefriwisent seg usemmiḍ. Ula d asigna ad as-tiniḍ illa win a t-isqaṛdicen s zaɛf. Ittban-d amzun ixenzer yakw. Zḍeğ, a yzemmeḍ iman-is ar tejṛa. Iduri lǧedra iqqim. Inɣa-t usemmiḍ, iluẓ. Afud ibda a yneqes. Ccetwa ur tt-ittɣaḍ yiwen.

Af ubaɛuc tfuk tufɣa
Yal wa ala ayen iḥaṛ
Ccetwa zik i tebda
Yarnu a qqaṛen ad tezuɣaṛ
Ṛṛuḥ icud s aɛqqa
Taɛbbuṭ ixuṣen ad teqqaṛ

Tiweḍfin, zdaxel n wemruj bdant a d-ttadament učči. Sya ar da yiwet ad tekker, ad tarnu isɣaṛen i tmes. Kecment di tanumi n ccetwa d tudart deg umruj.

Zḍeğ ibda a yettnadi deg wuruz[145] n tejṛa anida ixzen učči ma yella dacu i d-igwran. Ulac dacu yufa. Irra tamart-is deg ufus-is. Iskuki, yuɣal iqqim. Ibda a tent-id-ittawi wul-is. Ihebwel am tegnewt. Iqqaṛ-as: twalaḍ tura, lamer ayen deg cniɣ, d agmar i gemreɣ, tilli tura xas ad ziǧweɣ učči. Yarnu mačči d tamsalt n laɛtab, imi laɛtab n cna iɣleb win n wegmar. Dacu ihi i diyi-jebden ar cna ur nettaɛgic, ǧǧiɣ agmar iḍemmnen tudert? Sya ɣer da am akken ndama tesentay deg-s ticart-is[146]. Dacu, izṛa ad taɛddi am ubandu. Ad yuɣal ad as-yinni: ihwayi kan a sdarwiceɣ. Zṛiɣ ur diyi-d-iṣaḥ ara ula d lxetyaṛ. Ur zmireɣ ara ad ǧǧeɣ cna. Aɣbwel ameqwṛan ma yeǧǧa-yi netta. Nek akka i giɣ, d cna i d tudert-iw, xas ittawi-yi ar tmettant-iw. D tidett ur sɛiɣ ara lxetyaṛ, ur ksaneɣ ara. Aɛni tazemmurt teksan imi d azemmur kan i d-tettak? Ayen mačči d lexṛif? Ayen ur teseɣlay ara ifer akken ur tt-ittṛuẓu ara wedffel? Ayen izeǧǧigen ur d-ttaken ara timẓin? Ayen tameɣṛust ur d-tettak ara azgen d azemmur, azgen d tibexsisin?

145 Uruz : cavité (naturelle) dans le tronc de certains arbres.
146 Ticart : griffe.

Ayen tiweḍfin ur cennunt ara. Tikwal awal agi n “ayen” ittačaṛ-as allaɣ-is, isqiciw [147]deg-s am usennan !

Ayen i ntettu, tabexsist ad teɣli d amḍuṛ lamer ulac dekkwaṛ[148] ulama ur ittmača yara? Ayen i ntettu dekkwaṛ-nni ula d netta ur ilehhu i wacema lamer ulac tizitt ittawin ger-as d uqaṛquc. Yal wa deg-sen ad iɣli d amḍuṛ di texnact-is waḥd-s lamer ulac tizitt i uleqqaḥ.

Ayen i ntettu, tizizwitt ur tettaf ara azeǧǧig lamer ur ittraḥ ara, lamer ur icbiḥ ara akken ad iban si mbɛid. D akken tesɛa azal tmeɣṛust i tesɛa azal tzemmurt. D akken isɛa azal udekkwaṛ d uqaṛquc i t-sɛa tizitt.

Cwiṭ, cwiṭ am yirden deg unar, yuɣal frant deg uqeṛṛu-s. Inna-yas: sya d tasawent, ur ttuɣaleɣ ad steqsayeɣ iman-iw ma yewqem webrid i d-bwiɣ neɣ ala. Iwqem akken weqmen ibardan n wayen akw illan di ddunit. Nekkini ad ḍefṛaɣ ul-iw, anida i das ihwa ad neddu. Inna yas:

Bdan a ɣellin wafriwen
Ulac a yeččaṛen imi
Taweṭuft d wiyaḍ hebren
Nek ur ksibeɣ akufi
Ur iksan ḥed i t-yuɣen
Tudert inu i cnawi

Mi i tent-isemsawi yakw deg uqeṛṛu-s, ikker. Tanekra-nni yines tban twaɛṛ. Iluẓ, inɣa-t usemmiḍ. Ibda tikli s umkarfef[149]. Iqsed amruj n tweṭuft.

Uqbel ad tekfu tezmart
Iqsed amruj n tweṭuft
Izṛa ulac tisensert
Lxetyaṛ ger tuttra d lmut
Deg uli-s tenta ticart
Mi i das-ibed af tebburt

Simi a yleḥḥu simi deg uqeṛṛus a tettiğhid tikti: ur tesɛiḍ swayes ad isetḥi imi netta d acennay. Xas yal asurif s umkarfef, yal aḥurif irennu ireffed aqeṛṛu-s cwiṭ. Ad as-tiniḍ simi a tkeffu tezmert di suṛa simi a yettnarni degs warfad uqeṛṛu. Deg wul-is itḥaq: ittalas lxiṛ i yal win isemḥesen deg

147 Sqicew : pointer comme une épine ou des piquants.
148 Dekkwaṛ : caprifigues
149 Mkarfaf: trébucher.

unebdu i cna-s. Iqqaṛ-as: nek ad asen-d-smektiɣ ṭlaba-nnsen, niteni ma ttsetḥin, atan iban, ma nekṛen, nek ayen illan fell-i xedmeɣ-t. Aεslama i wayen i d-yusan. Ma mmuteɣ, ad zṛen d niteni i diyi-nɣan imi ččan laεtab-iw. Ad asen-kseɣ aɣumu af allen-nnsen. Ur das qqaṛen ara, d nekwni axiṛ, d ṛay-is i das-tt-igan, nekwni ur nsebeb i kra. Ad ḥṣun, a melmi yeɣli unazuṛ ttekan! A melmi ǧǧan win isenṭaqen ulawen-nnsen, d iman-nnsen i yeǧǧan. Ma yella ur ḥulfan i kra, uṛaεd kan i ten-ibbwiḍ ssem ujenwi. A melmi yettwet unazuṛ gar-asen, tiyita deg-sen ad tegwri. Inazuṛen am izeǧǧigen, mi bdan a ɣellin, inni tejṛa ikcem-itt sus. D tamsalt kan n wusan, ad tṛuḥ si lqaε. Ma staεmlen[150] ur zṛin ara nek ad ten-id-sakwiɣ:

Azaṛ s uzeǧǧig i yegma
lǧedra teddar s uzaṛ
Asɣar icud ar lǧedra
Lɣella tettak-d deg usɣaṛ
A win i xuṣen i wa
Tejṛa ḥseb ad teqqaṛ

Mi yebweḍ ar tebburt n tweḍfin, ciṭ n ufud i d-iqimen yuzaf. Ismeḥtel-d ayen i d-igwran, isbed lqed-is, isṭebṭeb.

Tiweḍfin mi slant i wesṭebṭeb, wehment. Ur nument ara illa win i d-irežžun fell-asent di ccetwa. Uɣent tanumi, seg asmi a selɣent[151] tabburt n temdint-nsent deg wass anegaru n ḥaṛtadem alama d ass amenzu n tefsut, yiwen ur d ittas.

Tikelt tamenzut mi slant i tyita ar tebburt, bahbant[152]. Γilent d aḍu i d-ibbwin asɣaṛ izheḍ-it-d ar tebburt, neɣ d tabburt iwumi i-d-iɣli weslaɣ tuɣal a tesqaṛbub. Akken ṛuḥent ad uɣalent ar sayen deg wayen zhant, slant tikelt tis snat i tyita. Abrid agi ulac akw din cek, d asṭebṭeb. D afus a d-ikkaten af tebburt.

Nelqament-d akken ma llant, wehant ar tebburt. Tenṭaq Tmeqwṛant:

- Sani? Uɣalemt s imukan nkwent! Amek ad ldimt tabburt ur tezṛimt dacu? Susmamt! Nɣemt lḥes.

Tesawel i tweḍfin-nni ittaεssan fell-asent, tesendah-itent ad hegint iman-nnsent ma yella kra i d-iṛẓan tabburt.

150 Staεmel : faire semblant.

151 Sleɣ : crépir, badigeonner, boucher, calfeutrer, rendre étanche.

152 Bahbi : être saisi, être stupéfait, être perdu.

Tiweḍfin nniḍen, mazal wehment, ur zmirent ara ad susment. A ttmeslayent af tikelt:
- Waka? Waka i d-yarzan ɣuṛ-nteɣ? Anwa abaɛuc iqqimen di beṛṛa tagrest agi? Anwa izemren ad isbaṛ i usemmiḍ di beṛṛa ur immut ara?
- Γuṛ-wamt kan maččči d režžu n lxir, d azḍam i d-izḍem wagi fell-anteɣ!
- Aha ula d kem, lamer di tiṭ-is s azḍam, maččči d asṭebṭeb ad d-isṭebṭeb.
- I ma yebɣa ad aɣ-ikellax, ad aɣ-istamen, mi i d-neldi tabburt ad aɣ-d iččaṛ axxam, ur nezmir dacu ad nexdem.
- Tura ad nzaṛ, susmamt, henimt-anteɣ!
Tameqwṛant tesendah Tamaɛwent ad tawi lexbaṛ d anwa ka i tent-id-iqesden. Tamaɛwent tebbweḍ ar defir tebburt, terra nnefs am win a ynegzen s aman, testeqsa:
- Anwa ka? Dacu tebɣiḍ?
Tezzi-d ar defir tarfed tuyat-is, akken ad inni ulac i-d-yuɣalen si beṛṛa. Teswaɛd-as Tmeqwṛant akken ad tales i westeqsi. Mi testeqsa tikelt tis snat tesla i taɣuct d taṛqaqt, tulwa.Tuɣal-d s tazla, allen-is ččuṛent d lwehma imi ur tebni ara af win i d-yarzan ɣur-sent. Tenna-yas:
- D ...d Zḍeğ! D netta!
- Muqel dacu ibɣa, teldiḍ-d tabburt akken ad nsel !
Tiweḍfin-nni imi slant d Zḍeğ, uzlent daɣen ar tebburt. Celhant-tt. Terra-tent-id ar deffir Tmaɛwent.
Iɛassasen-nni kksen aslaɣ i yiwet n tama n tebburt. Ldin-d yiwen n lluḥ. Iban-d Zḍeğ, isenned af teɣwmaṛt n tebburt. Tenna-yas, Tmaɛwent s teqsaḥ:
- Dacu i tebɣiḍ, hatan tura alami nekkes akw aslaɣ i tebburt, daɣen ad as-naɛwed. Ur ittɣaṛ alama acḥal! Deg unebdu tarwiḍ-aneɣ tzehhuḍ-aneɣ af cɣwel, di ccetwa tcebwleḍ-aneɣ ad aɣ-d-rennuḍ cɣwel! Ur tenfaɛḍ iman-ik ur tenfaɛḍ wiyaḍ.
Zḍeğ isen-itt d yir xenfuc[153], d ṭuẓmikt. Izṛa cɣwel-is d aqaṛaɛ, d nettat i d aqejun n taɛsast. Aqejun iseglaf.
Iseblaɛ yir awal, irra-yas:
- Ikfa-yi wuččči d usendaḥ, ma ulac uɣilif, ad iyi-d-reḍlemt ayen swayes ad ṭfeɣ ar tafsut.

153 Axenfuc : museau, gueule. Yir xenfuc : prompt à user d'un langage irrévérencieux, rude, vulgaire. Manque de «savoir-parler».

Tiweḍfin, mi walant amek i t-temugger temcumt-nni, tegzem tasa-nsent. Ḥemmlent Zḍeğ. Zṛant ufant-tt deg unebdu di lweqt n wegmar. Uṛaɛd i slint i wayen i t-id-icqan, zazlent. Ta d asɣaṛ ta d uččí, ta d aceṭiḍ, ta d asendaḥ, tuqna n tiṭ, sawḍent-d aɛmuṛ. Lewjab-nnsent mi slant i Tmaɛwent temaṛmaɣ-d[154]:

- Aniɣaṛ? Nniɣ-akwent uɣalemt s imukan nkwent! Rremt ayen i d-ddmemt s amkan-is. Ɣiwlemt!

Uɣent-as awal. Iban-d af udmawen-nnsent leḥzen. Yuɣal leḥzen-nni yexleḍ deg-s reffu d leḥya. Af udem n Tmaɛwent ur d-iban ara dacu tettḥulfu. Nettat tettuṛeba akken a ttettaɣ awal i Tmeqwṛant, daya. Teqqaṛ-as nettat tezṛa dacu i daɣ-infaɛn, wumag ayen ad tili d Tameqwṛant?

Tameqwṛant daɣen, ulac dacu i tzemṛeḍ ad teɣṛed deg udem-is. Ula d nettat, tettefer ayen tettḥulfu. Win iḥekkmen, iteddu s uqeṛṛu-yis maččí s wul-is. Win iḥekkmen, ittaski-d wul-is d taɛkumt.

Zḍeğ a yettṛağu. xas suṛa-s akw am akken tenkeẓ[155], tekna, aqeṛṛu-s ibed. Ur d iban ara am win i d-iṛuḥen ad imtar. Iban-d am win i d-iṛuḥen ad isuter ayla-s, ulama s leḥdaqa. Tamaɛwent tesɣeṛ anexzuṛ-is, tesaqseḥ taɣuct-is:

Nekkini ur ḥemmleɣ awal
Ur ḥemmleɣ deg-s adewaṛ
Deg unebdu tcennuḍ am uderɣal
Mi yella lxiṛ ittmenṭar
Tqesdeḍ-iyi-d s aṛeṭal
Ad k-fkeɣ urawen[156] n sbaṛ

Tweha i yaɛsasen ad arren tabburt. Zḍeğ, a das-tiniḍ ibna af tririt-nni n Tmaɛwent, ur dasen-iğği ara ad tt-id-rren, irra-yas-d din din:

- Cennuɣ am udarɣal? Iwumi cniɣ? Ɣileɣ tezṛiḍ. Ula d kem tnezheḍ. Ma win icnan ur iswi ara, ur iklal kra, i win i nezhen? Lamer ulac win ittnezihen ur ittili win a ycennun. Lamer ur ufiɣ tameẓuɣt ur cennuɣ ara, neɣ ad cnuɣ deg wul-iw.

Tamaɛwent, am akken ur tesli ara. Aḥazi iḥuza-tt s wawalen i das-d-

154 Maṛmeɣ : hurler.

155 Nnkeẓ : se tasser, se ratatiner, être rabougri.

156 Uraw : unité de mesure représentant ce que peut contenir la main mise en coupe. (Ne pas confondre avec la paume de la main : tidikelt ufus)

inna, dacu ur d-sban ara. lamer tufa imeslayen ad as-tini ad qḍaɛn am ijenwiyen. Lamer tufa yal ameslay am umesmaṛ a das-intu deg ul. S temɣawelt, amzun d asusef i d-susef imeslayen:

Anida teɣbiḍ ixef-ik
Mi nheber uglan tuɣmas
Mi agwlim-nneɣ ittibrik
Seg iṭij iqazen am ṛṣas
Ruḥ tura sendi afus-ik
I win mi tecniḍ yal ass

Tiweḍfin ṛuḥent ad neṭqent akken ad beddent i lmendad n Zḍeğ. Bɣant a das-inint i Tmaɛwent: dacu n laɛtab i taɛtbeḍ kemmini? Ṣbaḥ meddi, d asendah, d isuɣan fell-anteɣ, d asbuḥru i Tmeqwṛant! Xas ulamma zṛant d lekdeb, d zzuṛ; ula d nettat iwaɛṛ leqdic-is, ayen iɛadan ar lexzin af tiṭ-is, d nettat i yesemsawayen[157] akw leqdic. Dacu aɛmdent imi rfant, awi-d kan ad tt-qsent. Bɣant ad tt-qsent xas s lekdeb. Bdant kan dɣa Tameqwṛant texzeṛ-itent-id. Rrant ar daxel.

Zḍeğ iwala abrid i d-uɣ Tmaɛwent, maččі d win n ṣwab. Ibda ula d netta a yreffu :

Imi tebɣiḍ ad narfu
Inni-yid iwumi ɣennaɣ?
Cna-w idda d waḍu
Maččі di tezağaweɣ
Ur sɛiɣ kra yinu
Imi ḥemmleɣ ad faṛqaɣ

Tamaɛwent tṛuḥ ad as-d-arr, a d-ttheggi imeslayen dacu am akken iwaɛṛ-as imi tḥulfa Zḍeğ inna-d tidett. Akken tṛuḥ ad d-nṭaq ibed-as wawal: twala Tameqwṛant tebweḍ-d ar tama-s. Twexaṛ ciṭ ar deffir, teğğa-yas tagwnitt, akkeni i tetturẹba.

Tameqwṛant-nni, seg yiwen n yidis ur tebɣi ara ad ban d taqaɛfuṛt, seg idis wayeḍ tebɣa ad ban d nettat i d lal n ṛay. Akken ad baneḍ deg ufus-ik i yella leḥkum, ilaq tikwal ad tt-gezmeḍ d ṛay, ulama ur ittaɛjab ara yakw medden. Win i d-ittbanen ittkakru, ur ittɣama ara aṭas di leḥkum.

157 Semsawi : organiser, ranger, égaliser (un terrain), désembrouiller (une situation).

Tenṭaq:
- Nesεa kan leqdaṛ-nneɣ, ulac dacu izaden. Nekwenti naεtteb, nexzen keččini tcennuḍ, tura uli dak-nexdem.
Ṭmaε ad uḥnan Tmeqwṛant-nsent, illan deg ulawen n tweḍfin yuɣal d layas. Ixab usirem-nnsent. Af tikelt i d-neṭqent:
- Illa wučči, awi-d win a yeččen!
- Ad nečč ad igwri, daɣen ad t-nečč d aqdim ad neffer ajdid!
Tamaεwent tnebbeh-d:
- Susmamt! D nettat i yezṛan, lukan am kwenemti ur d-ittezi ara fell-anteɣ useggwas, ccetwa tamezwarut ad neqqaṛ.
Zḍeğ, ibɣa ad yinni ayen i t-iqaṛḥen skud izmer. Izzi ar Tmeqwṛant :

Smekti-d mi akken tgemmreḍ
Mi ul-im ibbweḍ ar rif
Yal mi tbedeḍ ad tnefseḍ
Cna-w izuzen-am lḥif
Mi tuɣaleḍ ad teṭinzeḍ
Ittban-am-d amzun xfif

Tiweḍfin, mi slant i ymeslayen-nni, tḥencent, ttunt tugdi:
- D tidett! D tidett nettakwi xfif
- D netta i daɣ-itteksen af ul
Tamaεwent, tarfa. Werğin ur d-iḍri waya! Dacu-t akka yuɣen tiweḍfin? Tuɣal am akken reffu-nni-yines, tekcem-it ciṭ n tugdi. D nnger n ddunit! tiweḍfin a ttqamaṛent Tameqwṛant-nsent! Arğu uqbel ad aεdint tilas!
- Susmamt, d Tameqwṛant i yezṛan. Dacu tesnemt?
Zḍeğ am asif i d-iḥemlen, ibɣa ad ifreḍ ul-is:

Mi akken iṭij am tmes
Yal wa amruj i t-iččan
Kem tewqaḍ deg usekmumes
Nek ttawiɣ-am-d izlan
D cna-w i tesεiḍ d amwannes
A tanekkaṛt n laḥsan![158]

Tiweḍfin iɣaḍ-itent lḥal, walant d tidett i d-inna. Arnant-d deg wawal-is:

158 Anekkaṛ/Tanekkaṛt n laḥsan : ingrat(e).

- D tidett! D tidett ur nenekeṛ ara
- Ur ilaq ara ad nettu.

Tamaεwent-nni daɣen tegger-d iman-is :

- Susmamt d nettat i yezṛan! Dacu n leqbaḥa agi i d-snulfamt ? Ur d-ttaramt ara awal i Tmeqwṛant! Akken d-nna akken. Nettat tettwali ar zdat.

Tamqwṛant, imi ur tezmir ara, neɣ ur tebɣi ara, ad tenkeṛ ayen icna Zḍeğ, tmuqel amek ad teṭef deg wawal-is nebla ma tenkeṛ:

- Zṛiɣ aṭas i tecniḍ. Dacu nkwenti ur dak-nenni ara cnu-yaɣ-d! Ur dak-nenni cnu, ur daɣ-tettalaseḍ ad ak-nefk učči.

Zḍeğ tura ittu yakw tamsalt n wučči, ibɣa ad iseffi ul-is, ad yinni ayen i t-iqaṛḥen, s yenna ma d lmut mṛaḥba. Irra-yas:

Anaɣ, cfu mi ul-im
Di tyersi-m am tektunya
Di tlemmast i dam-iqqim
Ula d awal ineqḍaε
Swayes i tesneṭqeḍ tayri-m
Lamer ur dam-d-fkiɣ cna?

Mi twala Tameqwṛant teṭef deg wawal-is, tuɣal Tamaεwent tetḥenec[159], tuẓa-d ar Zḍeğ, tenna-yas :

- Nekwenti ur neḥwağ tayri ur neḥwağ cna-k. Tayri ur teseččay ara aɣṛum, cna izehu af leqdic. Nefka-yak-ten!

Tiweḍfin, rrfant. Ur zmirent ara ad sebṛent. D lbaṭel aqaṛḍal. Amzun Tamaεwent, tessen tayri ! Dacu tessen di tayri neɣ di cna, nettat werğin tḥemmel, werğin tecna? U yarnu, di tekcem ar s ulawen-nsent? Anda tezṛa ma nitenti ḥwağent tayri, ḥwağent cna? Ččḥent-d fell-as :

- Meslay kan af yiman-im, debbaṛ kan deg ul-im.
- Nekwenti ur iquṛ ara wul-nteɣ

Tameqwṛant twala a tettismum tegwnitt gar tweḍfin d Tmaεwent. Tebɣa ad tesars tisri, ar d-tefru yiwet n temsalt. Tezzi ar Tmaεwent-nni:

- Kemini susem!

Tamaεwent, tuker aḍaṛ ar deffir, tebra i wqeṛṛu-s, tzemmem imi-s. Tiweḍfin, ɣezzant-as:

---

159 Tḥennec : reprendre courage.

- Ccah! Ṭṭef tura ɣur-m. Teɣliḍ-d af uxenfuc.
Tamaɛwent, temmuqel tiweḍfin tenna-yasent s laɛqel kan:
- D tidett ur neḥwağ la tayri la cna!
Txezzeṛ-itt-d Tmeqwṛant. Timena ulac i das-d-nna, dacu swallen-is tezlef-itt.
Zḍeğ di reffu-nni i deg illa, ur d-irri ara s lexbaṛ s wayen iḍṛan. Ibɣa ad d-ikfu ayen illan deg wul-is. Iḥulfa i yfaden a ttɣaṛen, yugad ad immet uqbel ad yinni. Wa inna-d wa ihegga-d:

Ma yfat taɛebbuṭ taṛwa
Wi yecqan deg umedaḥ meskin
Ma ifat tazagurt telsa
Anwa ad t-id-ismektin
Anwa i d-ismektayen ddwa
Mi ifat ijujaḥ xsin!

Qabel ma daɣen ad tettezzuḍ
Ur kem-zuzuneɣ s cna
Kemi d irden d ubeluḍ
Nek ad aɛbdaɣ tiɛugna[160]
Cna-w ad as-rreɣ unuḍ[161]
Yis ad saḥmuɣ di ccetwa

Ad tezṛeḍ ass nebla cna
Am tayri nebla wis sin
Tudert nebla isefra
Am tinigin nebla aɛwin
Ma d uččі kan d lxwedma
Am tudert deg addaynin[162]

Tiweḍfin illan ṭfent imukan anda i dasent-nna Tmeqwṛant, zeḍment-d ar zdat, zint-as-d, tentaq yiwet deg-sent s trusi:
- Nezṛa dacu i kem icqan : tugadeḍ ur ittqam ara wučči. D kem i d tawkilt fell-anteɣ, nezṛa d kem i ywulem ad tḥadreḍ fell-anteɣ, d kem i d-aqeṛṛu. Dacu, ula d nkwenti, nebɣa ad nini dacu i netthulfu: tezṛiḍ neqdec nebla

160 Tiɛugna : mutisme
161 Unuḍ : bourrelet en tissu autour des reins pour soutenir une charge sur le dos.
162 Addaynin : écurie, étable.

astaɛfu, nejmaɛ-d asɣaṛ d wučči. Ayen i daɣ-ifkan afud, d cna n Zḍeğ. Mi nṛuḥ nefcel netta s ucewiq ad izuzef facal. Ad am-t-id-nini kan tura axiṛ: aseggwas i d-immalen, ma ulac cna ur nqeddec ara! Ma nebɣa ad nemmet ad nemmet! Ma d aseggwas-agi, nkwenti nebɣa ad nefk seg umur-nteɣ i Zḍeğ, ma i wulem ad nezmeḍ agus, ad t-nezmeḍ. Ayen iwulmen ad tneč, ad nečč kan azgen neɣ ma iwulem ad nezgel tiram. Aseggwas nniḍen, ad negmar i nkwenti, ad nseddu amur-is i Zḍeğ.

Tiyaḍ-nni senhezayent iqwaṛṛay-nnsent. Tarna-d tayeḍ deg wawal n tmezwarut :

- Akka ih, ma ulac cna, ulac leqdic! Aqlaɣ nemmut ! Dacu mazal? A ntett a nqeddec, lbaqi am widak immuten ! Niteni meqqaṛ ahat zhan asmi ddren!

Tameqwṛant tesusem, tebda ad as-d-ttban teswaɛt. Twala tiweḍfin aɛbwlent[163] ad ṭfent deg wawal i d-nnant. Tmeyez, tmeyez, twala ma tebɣa ad tidir temdint-is, ad qimet tweḍfin dduklent s ddaw ṛṛay-is, yiwen n webrid kan i yellan. U yarnu ula d nettat, tṛuḥ am akken teḥqaṛ ciṭuḥ iman-is mi akken tebɣa ad as-tenkaṛ lxiṛ i Zḍeğ.

Tikti deg uqeṛṛu-s tenneḍ
Taweṭuft twala d lḥaq
Tenna-yas.....
D tidett, ma tegugmeḍ
Si lxiq ul ad iṭarḍeq
S amruj ulamek i d-kecmeḍ
Ma d učči wellah ad t-nefṛeq

Tiweḍfin zazlent ar s učči d isɣaṛen, bbwint-d i Zḍeğ, nnant-as:

- A melmi i dak-ikfa uɣal-d!

Zḍeğ tuɣal-it-id taṛwiḥt. Inna-yasent:

- Tanmirt, aseggwas wayeḍ daɣen ad akwent-d-cnuɣ!

Tameqwṛant, tenna-yasent i tweḍfin ad susment. Tezzi ar Zḍeğ, terfed taɣuct-is akken ad slen yak wid illan:

- Ihi, si tura d asawen, keč zeḥuyaɣ deg unebdu, nekwenti ad k-neseččay di ccetwa! Si tura d tasawent, aqla-k seg-nteɣ, d nkwenti ad ak-ibnun adari anida a tettdariḍ di ccetwa. Ad ak-nebnu axxam lḥiḍ di lḥiḍ akw

---

163 Aɛbwel : être décidé à faire quelque chose.

d temdint-nneɣ. Ula di ccetwa, mi nnxaq, ad nṛuḥ ad aɣ-d-cnuḍ. Γezifet ccetwa.
Tiweḍfin negzent si lfaṛḥ. Zint-d ameqyas, bdant urar.
Zḍeğ ifṛaḥ. Mačči kan imi i d-iḍmen tudart alama d tafsut. Ifṛaḥ daɣen imi i das-tuɣal tejmilt s yisem-is d anazuṛ.

I tura terram-d af usteqsi-nni? Tufam-as-d ixef-is ?
Neɣ tettum-t?

Tabratt sɣuṛ umdakwel n temẓi

Tabratt sɣuṛ umdakwel n temẓi

Tizi n Taɛkumt, 31 di fuṛaṛ

Azul fell-awen

Sarmeɣ tabratt-agi ad kwen-n-taf bxiṛ.
Nekwni amek i daɣ-d-ǧǧa, d tamacahutt tayeḍ.
Ad kwen-n-taf ur kwen-yuɣ wara. Ur kwen-yuɣ wara n wayen meqwṛen. Wumag timejṭaḥ ur ǧǧint yiwen. Ulama, dacu i d tameqwṛant, dacu i d tamejṭuḥt? Ar yiwen d adrar, ar wayeḍ d tiqecmaɛt[164]. Ar yiwen tenger ddunit ar wayeḍ tezha tefsut.
Wisen ma tecfam fell-i?
Acḥal iseggwasen aya. Kwenwi tettinigem nekwni ulac. Kanun zanun, anda neẓẓa i neqqim. Alama d ass deg ad ninig tinigin n tidett.
Anda i daɣ-d-ǧǧam ad aɣ-d-afem.
Ma tuɣalem-d. Ma nedder.

Wallaɣ-n allen-nnwen. A ceṭḥent akw. Tedbedbem[165] anwa umdakwel-agi i dawen-d-yuran. Ulayɣar temuqlem tagara n tebratt ur n stenyaɣ ara isem-iw.
Aṭas i n-teǧǧam ar deffir eh! Maččči d yiwen.
Yal wa anda iseḍwi. Ur tqeliqet ara, tura ad awen-d iniɣ isem-iw.

164 Tiqecmaɛt : détail, broutille.
165 Idebdeb : extrêmement surpris, saisi.

Nek d amdakwel n temẓi i tettum. Lhaɣ-d amdakwel, mačči d temẓi. Neɣ ula d temẓi tettum-tt?

Isem-iw? Dɣa d tidett tebɣam ad tezṛem isem-iw? Semḥet-iyi, ur nnumeɣ ara testeqsayem af yisem-iw.

Wellah zik ma teclaɛm deg isem-iw. Waqila tbedlem. Tbeddel-ikwen lɣweṛba. Amar tura a kwen-ttɣaḍen wiyaḍ. A rbaḥ a tafat, ur nugi ara.

Mačči d abeddel i tbeddlem, si zik telham. Dacu dagi di tmurt ur dawen-igi ara lḥif d demmaṛ ad tesemḥesem i wulawen-nnwen.Teṭubnem, tduzem, alami ur tetthulfum i kra. Anwa a yɣaḍen wayeḍ! Yiwen uaɛkkwaz! Lḥif, demmaṛ, layas...

Wumag wellah ar telham. Ilha wul-nnwen. Dacu akken i das-inna yiwen umedyaz n waɛṛaben: Qṛib yuɣal lefqaṛ d lekwfaṛ.

Zik bniɣ kan ad awen-n-siwḍaɣ slam, ad kwen-id-smektiɣ. Ilha ttfakuṛ, ilha win d-ittmektayen ansi yekka akken ad iẓaṛ ayyaṛ a yleḥḥu. Neɣ ma ulac tikli ur tesɛi ara lmaɛna. Ilha daɣen win i d-ittmektayen widak wukud isaɛda lḥif.

Win wid i tcarkeḍ lḥif am win wid tcarkeḍ if[166], d gma-k.

Zik bɣiɣ kan ad awen-n-siwḍeɣ slam, lamaɛna imi i d-uɣalem ar laɛqel-nnwen, ma ulac aɣilif ad naɛddi akin cwiṭ.

Mazal ad iyi-d-smeḥsisem? Nniɣ-awen-d tbedlem!

Tuɣalem a tettwalim ayen i dawen-d-izzin! A tettwalim wiyaḍ. Gget-as leqṛaṛ i tmurt-agi i dawen igan leqṛaṛ! Atan tegga-yawen ad lldim allen-nnwen, ad rrem nnefs ad tesemḥesem i wulawen-nnwen.Tesekfel-d deg-wen ayen akw ilhan, tugem[167]-d deg ulawen-nnwen ayen iseqqṛaben amdan ar gma-s, amdan ar wayen i das-d-izzin.

Alami d ass-agi i cukeɣ ad iyi-d-fahmem. D ṭma n wayagi i diyi-bwin ad awen-d-ldiɣ ul-iw ula d nek.

Wumag d slam kan i bɣiɣ ad t-in-siwḍeɣ.

D kwenwi i ynudan fell-as! Lamer i teqqimem d iquṛanen am zik, uli diyi-bwin! Am win isuturen aẓṛu! Imi tura ṣḍid illan yurez-ikwen, ifsi, ccah deg-wen! Ad tezṛem i diyi-ceɣwben acḥal iseggwasen aya. Ula d nek d nuba-w ad awen-aɛbbiɣ. Ddunit agi akka, win ilhan ad as-aɛbbin.

Iḥeqqa, Isem-iw?

---

166 If : sein, pis.

167 Agwem : puiser

A wellah ar qṛib ttuɣ!
Nekkini d aɣyul...
Ih, ih, d aɣyul s tidett: aṛbaɛ iḍaṛen, sin imeẓuɣen, akw d tṛaṭiwt, neɣ ttabaɛ, neɣ tajeḥniṭ neɣ...akken i das-teqqaṛem ɣuṛ-wen. Ula d tagi ur temsefhamem ara af yiwen n yisem! Uhbuh!
A tettecmumuḥem, a tettmesmuqalem, am akken ur tuminem ara. Neɣ amar tesetḥam yis-i imi d aɣyul. Akka, d leḥya i tesetḥam yis-i. Aha! tebram i wallen-nnwen, waqila ḥuzaɣ-kwen-in. Twalam ayen wehmeɣ mi d-steqsam af yisem-iw!
Lamer i dawen-d nniɣ nekkini d izem, ahat ad tesṭuṛcem[168] akw timeẓuɣin nnwen! Ulama uhbuh ur tesɛim a tesṭuṛcem. Akken i d timeẓuɣin! Ad twehmeḍ amek i tsellem. Degmi tsellem kan i wayen i dawen-ihwan.

Ad nuɣal ar s izem: lamer d izem i dawen-d-yuran tabratt, ahat ad tfeṛḥem, ahat ad tzuxem.
Init-iyi-d s tidett ma yella win iwumi ad tinim yura-yaneɣ-d weɣyul-nneɣ si tmurt? Ur cukeɣ. Neɣ ihi tbeddlem s tidett!
Lamer d izem i dawen-d-yuran, anida a k-ggeɣ a lfeṛḥ! Waqila ur tettṛağum ara ula ad teẓṛem dacu i dawen-d-inna. xas d tilemt! Tajelabt kan barka, teččam teswam.
Xas kset ugur i wulawen-nnwen, izem ur dawen-d-ittaru ur qṛib ur ala ḥal! Izem d aɛbbuḍ, aɛbbuḍ itettu!
Ahaw san init-iyi-d melmi akka i dawen-d-ifka kra yizem? Ma yella ur k-ičči, ur k-isarbaḥ.
Meyzet kan ciṭaḥ: anwa i kwen-infaɛn, d aɣyul neɣ d izem? Aha! Twalam!
Ihi amek d izem i tettqadaṛem? Amek d izem i tḥemmlem ad tcebim iman-nnwen ɣuṛ-s? Amek mi d-bedrem isem n yizem čačaṛen-d yimawen-nnwen di timelalin, mi d- bedrem isem n weɣyul tesedayem *ḥ*acasamɛin?
Neɣ ahat d amsefhem ur nemsefham ara: nekwni nɣil isem-nneɣ iɣwyal ar ɣur-wen iɣwyalhaca. Mačči d tikelt tamezwarut anda lqella n umsefhem yebwi-kwen s acṛuf. Llan ula d widak-nnwen iwumi tettbedilem ismawen. Ad yilli netta isem-is Aɛma*ṛ* kwenwi teqqaṛem-as Aɛma*ṛ*meskin. Illa yisem ittṛuẓun bab-is di tgwecrart. Yarnu ihwa-yawen kan, qeḍṛan d

168 Sṭuṛec : dresser (l'oreille).

qeḍṛan tament d tament. Akken i dak yehwa semi-yasen. Wa ur d-ittiẓid wayeḍ ur d-ittiṛẓig. Semi-yas i qeḍṛan tament, ad iqqim d amaṛẓagu. Llan imeslayen ittkelixen.

Muqel kan : win ad ak-yinnin azul a win af tebna taddart, a win i nettaf di tizi n cɣwel, a win s wayes i bedden ixxamen, a win i reffden imawlan-is, a win ur nesɛi ṭmaɛ. Ad taṛwuḍ lfeṛḥ. Maca win ad ak-yinin azul ay aɣyul, ula i t-ifdan[169], yinek neɣ yines! Ṛuḥ fhem-itt.

Win ad ak-yinnin : azul a yizem! Ad yaweḍ uqaṛu-k s igenni! Maca win ad ak-yinnin, azul a win ma ur k-iččі ur k-isarbaḥ, a win ixellun tudar, a win werğin nufi, ula i t-ifdan! Yinek neɣ yines...akka, neɣ ala?

Meyzet kan ciṭaḥ: naɣ d wa i d wa. Maca, zik tettwalim kan yiwen n yidis, neɣ ayen kan tebɣam ad t-twalim. Tḥemmlem imeslayen ittɣumun iṭij s uɣarbal. Awalen i dawen-isellfen xas di twaɣit. I dawen-ikemmzen anda i kwen-iɣeẓa.

Degmi tḥemmlem izem tkeṛhem ayen ixeddem, tḥeqqṛem aɣyul tḥemmlem ayen ixeddem.

Lamer tettafem, ad yilli d izem ad infaɛ am uɣyul. Ay ul-nnwen ibḍan af sin ibɣa Ḥsen ibɣa Lḥusin...

Tezgam tnekṛem-aneɣ laḥsan. Akken i daɣ-ihwa naɛteb, d tisigar i daɣ-d-ittṣaḥen, ma yella wayen i daɣ-d-iṣuḥan. Akken i das-inna yiwen umedyaz nnwen:

Ugar i ttiɣ akwera[170]
I srewteɣ deg wanaren
I d-čuṛeɣ ay icbuyla[171]
I d-zedmeɣ ay isɣaṛen
Tura mi i d-arza ccetwa
A smaḥtaleɣ iqwecaḍen

Ay ul itettren tamurt
Isteqsay-itt ma tecfa
Ay ul-iw seblaɛ takurt
I dak-ibedden di ttnaṣfa

169 Fdu : sauver, obtenir la grâce, tirer d'un mauvais pas. Racheter une propriété.
170 Akwera : motte (ici de terre)
171 Acbayli : grande jarre à huile.

Ay ul izeglen tafsut
Aṛğu ad teğğuğeg ccetwa

Tura imi tent-id-nebda, ad tent-id-nekfu!
Nniɣ-awen-d akken i das-inna win: d aḥnin iwumi ttneẓman medden. Tura tfeṛḥem mi a txedmem lxiṛ wumag zik tnekkṛem ula d win i dawen-nxeddem.
Ad kwen-id-smektiɣ?
Mi tekrem ad as-tinim: ixdem-itt wezgar,iaɛder-itt weɣyul. Anaɣ lamer tettmeyizem! I lmaɛun d ufellaḥ d zariaɛ anwa i ten-ittbaban? i wasmi megrent, anwi i tent-id-isawḍen temẓin-nni?
U yarnu imi teqqaṛem azger ixeddem, acḥal waguren deg useggwas i ykerrez? Ahaw san! Ikerrez di ḥaṛtadem d ciṭ di tefsut, ccetwa d unebdu d iɣimi. Ula d laḥcic d waman s axxam i t-id-ttawḍen. Anwi i ten-id-isawaḍen? Mačči alama nniɣ-d anwa i d-ittaɛbin laḥcic ittquduṛ fell-as di ccetwa. I nekwni melmi i daɣ tettağğam nestaɛfay?
Ad uɣaleɣ ar temẓin-nni i daɣ-tesbabem a tent-ntett: melmi akka yečča weɣyul timẓin meskin? Melmi akka i t-id-ṣaḥent? Seg walim s alim! Ad t-yečč neɣ ad t-yessu. Tikwal si laẓ deg i t-ttağğam, itett winna itessu.
Ayen ilhan ala ayen i d-nḥeggweṣ deg ubrid mi a nleḥḥu. Ula akken yal tufiẓt s tyita.
Ala semmḥet-iyi, tettakem-aneɣ timẓin yiwet n duṛt uqbel ad aɣ-tezenzem...akken ad awen-d-nawi suma di suq. Di yal taɛqqayt n temẓin teḍmaɛm asuṛdi. Mačči d lxir i deg wulawen-nnwen.
Twalam, uɣaleɣ am kwenwi. Inteḍ-iyi ugejdur-nnwen!
Wumag dacu i diyi-yexdem wezgar meskin alami i d-ewteɣ deg-s?
Atan deg umḍiq-is ur diyi-d-ibbwiḍ ara. Yiwen uaɛkkwaz i swayes nettwet. Ula d netta tettaram-as lxir ma yilli dayen ur izmir ara ad ikrez. Lxir s ujenwi.
Awer uɣaleɣ d aqeṛdac am kra deg-wen zik-nni.
Zik-nni, tura tbeddlem. Wumag ur dawen-n-ttaruɣ ara. Iwumi ameslay i lḥiḍ.
Nniɣ-awen, nebda-tent-id, ad tent-id-nekfu. Jebdeɣ amrar inhed udrar. Ula d lefhama, win ixuṣen deg-wen, a das-teqqaṛem ay aɣyul! Dɣa lamer i kwen-infaɛ am nekwni, awi-d a yir lefhama am tin!

Teqqaṛem-as, i win seg-wen ur nessin ara ad yeg leqṛaṛ nneɣ win ikaten deg widak-is: d aɣyul i tetten si tbarda-s. Ay akken nexdem newqaɛ. Ma yella aɣyul iččа alim n tbarda-s akken ur ittmettat ara si laẓ, ad as-tinim: degmi i dak-qqaṛen aɣyul i tetten si tbarda-s! Ma yella iḥuder tabarda-s ur d-ičči ara alim seg-s, immut si laẓ, ad as-tinim:degmi i dak-qqaṛen aɣyul! Tabarda teččuṛ d alim, netta yemmut si laẓ! Meyzet-as kan ciṭ: anwi yxuṣen lefhama d aɣyul iččan si tbarda-s akken ur ittmettat ara si laẓ, neɣ d bab-is i t-iqnen ur das-ifki učči alami immut si laẓ? U yarnu tabarda, nekwni ur tt-netteḥwiǧi ara, ma ur daɣ teḍbiṛ ur daɣ-tenfaɛ.

Tella tayeḍ: illa wass i deg taɛṛḍem alim, abaɛda alim n tbarda?

Lefhama.

A teqqaṛem nxuṣ. Amek ihi i nfehhem dacu i daɣ-d-qqaṛem s temslayt-nnwen? Nessen dacu i d cca, arr, arr akkin... Nfehhem mi a daɣ-d-ttmeslayem s yiles-nnwen. Dacu kwenwi lebda s uaɛkkwaz i daɣ-d-ttmeslayem. Degmi ur nettemsefham ara. Akka i tḍaṛu d win iḥemmlen ad iṭef aɛkkwaz deg ufus is. Mi a yettmeslay, izga ufus-is izegwir iles-is. Nekwni nfehhem tameslayt-nnwen, i kwenwi tfehmmem tameslayt-nneɣ? Teqqaṛem nettjaɛu[172]. Deg-wen neɣ deg-nneɣ i teqqim? Anwi i d ufhim anwi i d aɣy...twalam tesneṭdem-aneɣ ahdum-nnwen!

Ɣuṛwat ad as-tinim ala nekwni s yeɣwyal i yebbwan fell-awen! Lmal akw kif kif. Ula d aqejun-nni i tɣilem tesrebḥemt! Muqlet kan: netta meskin ad immet fell-awen, kwenwi werǧin i t-ḥsibem! Win deg-wen ixuṣen nnif neɣ lḥaṛma ad as-tinim d aqejun!

Awer yaweḍ ma yedda-d ula d tqejiṛet n uqejun! Waka iṣɛan nnif am uqejun? Iquṛa deg iḍ deg ass. Melmi akka tezṛam aqejun iǧǧa bab-is af telqwimt[173]? Anwa aqejun-agi i teẓṛam ibeddel adrum s uɣṛum? Idder meskin s tsigar ula d tigad-nni d tisemmaḍin. Aqejun ur isɛi ara nnif af widak iḥemmel. Akken i dasen-ihwa xedmen-as, akken i dasen-ihwa ǧǧant, neɣ saɛdin fell-as lbaṭel, netta ittuɣal ɣuṛ-sen. Tasa-s ur tettak ara afus fell-asen. Aqejun ad immet af at wexxam. Ma d abeṛani i teliḍ, ṛuḥ aweḍ-it ad twaliḍ ma ur isɛi ara nnif! Ma ur k-ičči imiren, ad icfu fell-ak. Aqejun ur itettu ara lxiṛ. I kwenwi? Zmet[174] kan iman-nnwen...

---

172 Jaɛu : braire.

173 Talqwimt : bouchée.

174 Zzem : faire des reproches, demander des comptes.
Zzem iman-ik : faire son examen de conscience.

Imi ass-agi, sekfel, sekfel...mazal tayeḍ: mi tekkrem ad as-tinim: issen Ṛebbi deg uɣyul ikkes-as acciwen! Akka neɣ ala?
Tamzwarut, lamer i daɣ-ihwi, ur twaεṛem ara fell-aneɣ, aqla-kwen am tɣunam, nezmer-awen nebla acciwen. Yiwet n tyita ad awen-naṛz tiɣeswatin!
Tisnat, azger isεa aciwin ur tefdin ara yid-wen...
U yarnu lamer kan axiṛ tettağğam Ṛebbi deg umkan-is ur trennum ara dnub. Axataṛ Ṛebbi ur t-sinem ara!
Yal mi a das-taɣem awal, ha tugadem times neɣ teḍmaεm lğennet!
Init-d tidett lamer ulac times ulac lğennet, ad tḍefṛem awal n Ṛebbi? Gar-awen d yiman-nnwen kan dɣa, lamer ur teṭamaεm neɣ ur tettugadem, ad as-taɣem awal i Ṛebbi? D ṭmaε izazalen amɣar! Ma ulac ma ulac, teḍmaεm rbaḥ n ddunit...
Ad awen-qḍaεɣ layas: ad as-tinim ayen akw illan di ddunit, kif kif-iten, ṭamaεn akw kra, d ṭma iten-izazalen.
Ala! Ala kwenwi s yemdanen i yleḥḥun s tmaε, neɣ s tugdi. Nekwni s yeɣwyal, ur neṭamma di Ṛebbi lğennet di laxaṛt wala rbaḥ di ddunit. Naɣ teẓṛam: nsellem lğennet af idra n warraw-nnwen. Ma d rbaḥ n ddunit atah twallam rbaḥ-agi deg i nella! Rbeḥ ar iri[175]! Neffeɣ-itt dagi, neffeɣ-itt di laxaṛt.
Tagi tesewhem-ikwen eh!
A das-teqqaṛem amek akka ggan imexluqen agi ur d-neclig la di rbaḥ n ddunit la di lğennet? Dacu a ten-ittawin ihi? Dacu i ten-iṭfen ur daɣ-ğğin ara, xas a nsaεdday fell-asen tidak ur iqebel laεqel ? Ayen akka mazal qimen yid-nneɣ?
Neqqim yidwen axataṛ Ṛebbi iweṣa-yaɣ-d fell-awen akken ad kwen-nerfed. Lamer mačči d nekwni ahat ur d sawḍem ara sanda akka tellam tura. Ahat mazal a tettbabam af izugar-nnwen! Iweṣa-yaɣ-d, nekwni nuɣ-as awal.
Ayen akka a das-nettaɣ awal i Ṛebbi, nebla ma neḍma lğennet di laxaṛt neɣ rbaḥ di ddunit? Ayen akka yiwen wass kan i daɣ-d-iweṣa, necfa? Ayen akka kwenwi acḥal d nnbi i dawen-d-iceggaε seg asmi i tebda ddunit ula akken mazal a kwen-ittefaɣ laεqel, ur tfeṛqem ara ger wayen ilhan d wayen n diri?

175 Iri : cou, col.

Tagi dayen tesetḥeyaṛ-ikwen eh?
Teẓram acuyaṛ nettaɣ awal i Ṛebbi xas yiwet n tikelt kan i daɣ-d-inna? Axataṛ nekwni nḥemmel it! Nekwni maččі d tugdi i t-nettugad, d aḥemmel i t-nḥemmel. Kwenwi tettaɣem-as awal imi t-ttugadem, nekwni imi t-nḥemmel. Yal wa anda yesaweḍ. Ulac tiyita. Akken i das-inna yiwen umedyaz-nnwen:

Ur ifri dacu i kwen-ittawin,
D ul, d aɛbbuḍ neγ i sin

A wid iḥemmlen asuget
Af webrid i d-ibbwi nnbi
Yif-ikwen uzger asarwet
Netta ittaččaṛ-d akufi
Lamer maččі d lǧennet
Ur cukeɣ ad txedmem Ṛebbi

Zṛiɣ qaṛḥeɣ-kwen imi kseɣ aɣumu i wayen tesdarayem. Ulama tesdarayem kan af yiman-nnwen. Nekwni ur daɣ tettkelixem ara.
Ma yella di ad awen-ikkes ciṭ af wul, maččі ala kwenwi i yezazal ṭmaɛ. Ayen akw illan di ddunit ittazal deffir kra. Ala nekwni.

Azeǧǧig mi akken ifsa
D lmesk d sser ittqaduṛ
Tattefaḥt mi akken d-fka
Ayen irran amɣaṛ d aqṛuṛ
Maččі d lehu i telha
tebɣa zariaɛ ad timɣuṛ

Tizizwitt dacu tnuda
Maččі d cbaḥa n uzeǧǧig
Lamer af cbaḥa n tmura
Azerzuṛ ur ittinig
Lamer ur nettugad ara
Yiwen deg-neɣ ur ittizdig

Lamer di maččі d ṭmaɛ
lles ur iṛeba tiẓeṭ
Iḍmaɛ ad iṭeḍ tasedda

Neɣ xaṛṣum ciṭ n tament
Di tmequnt i dak-d-ihda
Yal azeğğig txelseḍ-t

Telha tdukli iḍudan
Deg-neɣ anwa ur tt-nesarem
Akken i d-kksen iniɣman
Akken i kren s aleqem[176]
Ẓṛan afus, ma yella bḍan
Ur ifetel ur iṛedem

Nniɣ-awen ass-a, ayen illan di tasilt ad t-id-isali yeflew.
Ahat a tettsebiṛem ulawen-nnwen, a das-teqqaṛem imdanen akw am nekwni. Xas ulayɣaṛ! A dawen-d siwleɣ tamacahutt ad twalim kwenwi s leqbayel waḥed-wen. Lhaɣ-d mi a tilim dagi ɣuṛ-neɣ, ma yfat tbaɛdem tettiḥninem. Tettuɣalem ar tesɣaṛt-nnwen.
Macahu.
Yiwen wass di tmurt n Ṭelyan, aɛbwlen ad bnun taddart. Gezmen-tt d ṛay ad tt-bnun di yiwet n tqicuṛt ansi i das-tekkiḍ d asawen.
Ayɣaṛ di tqicuṛt?
Steqsit lejdud-nnwen ad awen-innin!
Kkan acḥal i damek kfan taddart-nni s usali. Imi ulac abrid i tcaṛiṭ, ayen sqedcen meṛṛa af izugar n yeɣwyal d imdanen i t-sawḍen.
Asmi tekfa, gan tameɣṛa anec ila-tt.
Ass-nni n tmeɣṛa, inteq-d yiwen seg imɣaṛen-nnsen izemniyen, inna-yasen: mazal ur nfuk ara! Nettu yiwet n tɣawsa, ma ur tt-negi ara, atan ayen akw neqdec, nesuli, ixuṣ-it kra! Am imekli iwumi yxuṣ ubruy n lmelḥ!
A ttmesmuqalen at n taddart, uɣal nnan-as: ur nwala ara dacu ixuṣen, xas inni-aneɣ-d.
Inna-yasen: ilaq ad nar tajmilt tameqwṛant i win akw i daɣ-d-ifkan afus ameqwṛan deg usali n taddart-agi. Iwulem ad as-newqem tteswiṛa s uzṛu akken ad nesmektay ur ntettu ara lxir-is!
Nnan-as akw d tidett, d awal ilhan. Maca d anwa akka deg-nneɣ iwumi ad nesali tajmilt ger wiyaḍ meṛṛa?

176 Aleqem/Ttelqim : greffage/greffe.

Yal wa iqdec ayen iwumi izmer. Mačči s wazal n wayen qeddcen neɣ i d-ttaken imdanen i swayes i ttemyifen. D nniya d wul iṣfan i d tidett. Yiwen ur izmir ad yefk nig tezmart-is. Win isεan duṛu ifka-tt-id, yif win isεan meyya ifka-d aεcṛa.
Inna-yasen d awal igerzen, maca, illa yiwen ikka-d akw nig-nneɣ. Ifka-d nnig tezmart.
Nnan-as anwa wagi?
Inna-yasen: ala mačči d win akken i d-ibezren aṭas n wedrim, mačči d ṭamen-nneɣ, macči d ccix n lǧama.
Ass-a ma igger-ikwen webrid ar taddart-nni, ad tafem af tebburt n taddart, tega s wezṛu, teswiṛa n weɣyul anec ila-tt. Akken ad cfun...
Mazal tayeḍ. Nniɣ-awen-d ass-a sekfel, sekfel. Di tuddar akw n leqbayel ad tafeḍ tafunast, taɣaṭ, tixsi, tawtult, taqejunt...llant akw ala taɣyult! Amzun nekwni seg igenni i d-nɣelli. Nezga tefeṛqem-aneɣ. Nectaq ad nilli d yemma-tneɣ. Lmal akw saεn tiyemmatin ala nekwni. Tezgam tesguǧlem-aneɣ. Lmal akw tteggen tiyigiwin ala nekwni nezga weḥd-nneɣ, nectaq ad nilli d tayuga. Akken teqqaṛem: ur d nesmektay ara agujil af imeṭawen...
Kulci nsemmeḥ-awent, ma d tagi ad twaεṛ, xas ilha wul-nneɣ
Twallam a leqbayel, di ddunit meṛṛa cukeɣ ulac win isqedcen aɣyul anect-nnwen. Teseqdacem-aneɣ u yarnu tettaram-d fell-aneɣ zaεf. Win i dawen-tt-irran ar tnegarut ad aɣ-tt-tarem i nekwni ar tnegarut. Deg-nneɣ i d-ttaram ttaṛ. Nekwni neshel. Ula akka tkeṛhem-aneɣ.
Ahat maḍi ur teẓṛim ara ayen i daɣ-tkeṛhem.
Nekwni nezṛa...
Ad awen-d-inniɣ?
Tkeṛhem-aneɣ, imi dawen-d-nesmektay amek tellam d inekaṛen n leḥsan.
Tidett, mačči d nekwni i tkeṛhem, dayen illan deg-wen i tettwalim deg-neɣ. D lefεul[177]-nnwen i dawen-d-nesmektay. Nuɣal-awen am lemri.
Aṛzet lmaryat-nnwen ad thenim! Ulac awali ulac asmekti. Ay aεddaw a lemri!
Ulama ulac tarewla. Arwel, arwel, ad d-tegwriḍ d yiman-ik ad k-tḥaṛ texwnact[178].

---

177 Lefεul : (mauvais) agissements.
178 Taxwnact : coin.

Tebdam a tetteḥdiqiṛem. Waqila aṭas i dawen-aɛbbaɣ. Nekwni s yeɣwyal nettsetḥi s yiman-nneɣ, nettqadaṛ, tettɣaḍem-aneɣ. Lamer maččči akken ur dawen-ttaǧǧaɣ ara taceṭiṭ i deg ad tneṭlem. Yarnu Ma cuḥeɣ-awen, setḥaɣ s yiman-iw, ɣuṛ-wat ad as-tinim ḍmaɛɣ ɣur-wen kra! Ulac.
Dacu i tzemrem ad aɣ-t-tefkem si nig lǧennet? Lǧennet n sellem-itt af idra-nnwen.
Ala, skadbeɣ-awen, ḍmaɛɣ amar sya d tsawent ad tbeddel tmuɣli-nnwen ɣuṛneɣ. Daya kan. Ma tbeddel, tbeddel, neɣ nuɣ tanumi, ur kwen-nettaǧa ara.
Tamezwarut axataṛ iweṣa-yaɣ-d Ṛebbi fell-awen, tisnat, axataṛ nḥemmel-ikwen.
Ṛuḥ tura keččini inni-yas ayɣaṛ i kwen-nḥemmel! Bu taɛrurt iḥemmlen taɛrurt-is, xas tkerf-it.
Ilha wul-nneɣ, neɣ amer bitt dɣa d tidett d iɣwyal!
Uqbel ad kwen-ǧǧeɣ, wellah ar ad uɣaleɣ alama d taqsiṭ-agi n uḥemmel.
Ṛebbi i kwen-iwten a leqbayel weḥd-s. Win i tkaṛhem ur tettesetḥim ara ad as-tinim: keč d sem n wuglan-iw, kaṛhaɣ-k, lamer ttafeɣ ur k-ttwaliɣ ara!
Ma d win tḥemmlem, ur tezmirem ad as-tinim, nḥemmel-ik! Ittgugum yiles-nnwen.

Ayen i diyi-sewhamen
D iles-nnwen a Leqbayel
Izmer akw i ysenanen
Ad ten-imgar maččči d aɣwbel
Mi das-tebbweḍ s izeǧǧigen
Ittɣaṛ a das-tiniḍ ikwbel[179]

Tṛeba-kwen-id tsawent alami ur tesinem ara ad telḥum di luḍa. Ul-nnwen d aleqaq, iles-nnwen d aquṛan.
Tɣilem skud tesɣaṛem iles-nnwen skud tesdarayem ul-nnwen. Iles ur ittḥudu ara ul, isentaq-it. Maččči d tiseɣlit[180], d tabburt.
Ahaw caṛḍaɣ-kwen, sufɣet-d tiẓeṭ n wul-nnwen. Muqlet win tḥemmlem s allen, tinem-as: ḥemlaɣ-k am laɛmeṛ-iw. Ur tezmirem ara, eh?

179 Kwbel : entraver, immobiliser.
180 Tiseɣlit : barrière.

Yal wa amek i d-itturęba. Leḥfa isɣar agwlim.
Lamaεna cukkeɣ tamurt-agi i dawen-igan leqṛar, ad tesnefsusi ilsawen-nnwen. Ad tuɣal ad teffi deg-wen ayen akw tesaεm n leḥnana. Yiwen seg imedyazen-nnwen inna-d amek i tettilim yal mi ad awen-d-ḥdaṛ teqsiṭ-agi n uḥulfu neɣ n uḥemmel. Inna-yas, tagi d taqsiṭ n yiles-iw:

Tagi d taqsiṭ n yiles-iw
Yifen leḥrir di telqaq
Izga d amdakwel n tiṭ-iw
Ayen twala ad t-isenṭaq
Yal mi ad t-iqsed wul-iw
Dɣa awal ad as-yaεṛaq

Izga isğuğğeg udmawen
Ttnadin-t medden am ddwa
Ittidir s ucmumeḥ-nnsen
I tayri-w dacu i das-ifka?
Mi tesuter imeslayen
Am win ittren lğamaε

Isellef i wuṛɣu n wiyaḍ
Iteffi-asen-d tasmuḍi
Ileddi taburt n ugwemaḍ
I widak yurez icidi
Deg ul n wid nettxalaḍ
Tasusmi-s teẓẓa aciki

Am tsebbalt[181] n webrid
A win ifuden ad yagwem
Awal yufafen am smid
A win ibɣan ad t-iddem
D ul n medden i yesirid
Ar wid ḥemmleɣ igugem

Win i das-islan ad t-immeni
Deg ul iga-s abandu
D tament isefḍen ilili
Yal wa dacu ittṛağu

181 Tasebbalt : Grande jarre à eau.

Ar wid ḥemleɣ d awezɣi
D tasusmi neɣ d ɣlilu

Ay iles i diyi-zedɣen imi
Ɣuṛ-i beriked am tasilt
Ur diyi-temnaɛḍ si cḥani
Ur diyi-d-čuṛeḍ taɛdilt[182]
Keččini tɣunzaḍ-iyi[183]
Nek ad ak-ḍegṛeɣ tajmilt

Akka i d taqsiṭ n yilesawen-nnwen ula d kwenwi. Akka i dawen-teḍṛa. Aḥlil.
Nekwni nessen-ikwen aktaṛ n wayen i daɣ tesnem. Nesen-ikwen aktaṛ n wayen tesnem iman-nnwen.
Degmi i kwen-nḥemmel aktaṛ n wayen i daɣ-tḥemmlem.
Amar tura ad tebdum a daɣ-tettisinem. Amar.
Acukan, ma alama d asmi ad nɣab ad aɣ-terrem tajmilt, tuɣal ar din.
Axataṛ kwenwi twulfem tettaram tajmilt i yiwen mi a yfat iɣab. Neḍma tezwim aɣebaṛ i wallen-nwen, asmaken tesrafgem, Mi akken tewtem deg wafriwen-nnwen, yufeg wayen akken i kwen-izedɣen dirit, izwi waṭan ikerfen ul-nnwen, iqqeṛs ucabak i kwen-iknan alami tettwalim kan ger iḍaṛen-nnwen.
Tezṛam, ad awen-d-inniɣ: ṛuḥeɣ am akken ad iyi-d-ittuɣal ṭmaɛ. Imi teṭfem teɣṛam tabratt-agi alami tekfa ur tt-tcargem ara.
Twalam, nezṛa telham. D ddunit kan.
Twalam, nesɛa lḥaq, imi xas akken tṛuḥem teğğam-aneɣ, teḥeqṛem-aneɣ, nekwni neṭef di leḥmala-nneɣ, numen ayen akken illan deg-wen ilha, nezṛa yiwen wass ad yakwi.
Nessen ulawen-nnwen aktaṛ n wayen i ten-tesnnem kwenwi…xas tsemmam-aneɣ iɣwyal.
Eyyaw nniɣ-awen, semḥeset i wul-nnwen. Aɛmdet i wul-nnwen ad yuɣal d bab-nnwen.
Ad awen-d-inniɣ asefru, ḍmaɛɣ ad kwen-id-ihdu

---

182 Taɛdilt : panier (d'un panier double)
183 Ɣanzu: bouder, ne plus parler à quelqu'un, arrêter de fréquenter.

Ay ul uɣal d bab-iw

Ay ul tqecmeḍ am uzṛu
Ifka yeɣzeṛ i yeɣzeṛ
Mi nugad kra dɣa ad iḍṛu
Amzun di das-nsefaṛ
Alami di lfeṛḥ nettkakru
Nettugad i d-iseḍfaṛ

Ay ul asmi teneslaxeḍ
Tefka-k ticert i yicer
Simi keč tettilqiqeḍ
Simi niteni am umger
Keč s lehhu i d-uflaweḍ
Anef i wubɣun ad izder[184]

Ula d asmi tuɣaleḍ
Ay ul d tibḥirt usamer
Win i d-ineflen tfaṛḥeḍ
Tefkiḍ lḥeb d yifer
Ula akken ur tečiḥeḍ
Xas glan ula s teskar[185]

Ay ul yiwen ur k-ijbaṛ
Am udarwic nebla imawlan
Tunfeḍ i wubɣun ihdaṛ
Tenniḍ tisusaf d aman
Ɣuṛ-k regmat am leɣwbaṛ
Deg-k isnarnay ayen ilhan

Ɣileɣ fahmeɣ sawḍeɣ
Fell-ak ḥetmeɣ abrid-iw
Ay ul tura imi k-sneɣ
Txil-k uɣal d bab-iw
D taɣwlabt[186] ad ak-uɣaleɣ
Ad k-sdariɣ s uksum-iw

---

184 Zder : couler (au fond), tomber bas.
185 Tiskert : bouture, pousse d'arbre (qui porte le fruit)
186 Taɣwlabt : fourreau, écrin, enveloppe protectrice.

Ay ul tura imi k-sneɣ
Keč ṛayi, nek ad k-ḍefṛeɣ

Ma yella testufam, aret-aneɣ-d tabratt neɣ xeṛsum slam, neɣ ma ulac, nuɣ tanumi, ur kwen-nettcaḥan ara.

Qimet di talwit
Amdakwel-nnwen n temẓi.

A wi k-yeḥkan!

Awi k-yeḥkan!

Ḥmed deg webrid di Fṛanṣa.

A yleḥḥu, iban ikukra. A yzemmeḍ leḥyuḍ. A ytezzi akin akka amzun illa win i t-id-iḍefṛen. Ciṭ kan akka, isla i ṭunubil n labulis a tettiɣwis. Iduqes, izmeḍ iman-is ar lḥiḍ ibɣa ad ikcem deg-s. Ibed iquṛ, kfan deg-s idamen. Tiɣwisin-nni n labulis simi a d-ttaqṛabent. Am win ad t-id-iwten s ubeqa, iduqes-d, ibda tikli s uḥaṛef. Iger kra iḥurifen, dɣa iwala lqahwa. Iṛuḥ ad ikcem, iḍal ar daxel, yuɣal am akken igguma[187]. Ikemel abrid-is iaɛdda. Iger asurif neɣ sin, daɣen iṛeṣes[188]. Yuɣal-d ar defir, alami d tabburt n lqahwa-nni. Iga ifasen-is d tasdarit af allen-is akken ad iwali ar daxel si lemri n tebburt. Deg yiwet n teswaɛt, irfed-d aqeṛṛu-s, ildi tabburt s temɣawelt, ikcem nebla akakru.

Irra biha biha ar yiwen illan iqqim ar ṭabla. Winna a d-ittban am akken d tafekka-s kan i yellan di lqahwa, laɛqel-is isewaq. Ḥmed, ibbweḍ ɣuṛ-s, isers-as afus-is af tayett. Winna amzun iduqes-d si tguni.

Ḥmed

Aɛmaṛ ! D keč aya? Greɣ fell-ak Ṛebbi ar d keč!

Ula d keč tesɣeṛseḍ-d. Anwa ad as-yinin! Yarnu ɣileɣ keččini, ul-ik icad di tmurt! Nniɣ-as medden akw ad d-rewlen ala keč!

Aɣen akkeni akw a yttmesslaɣ ifasen-is af tuɣat n Aɛmaṛ a t-itthuzu, iban ifṛaḥ imi t-iwala xas akken iwhem.

Aɛmaṛ

Ifasen bran, ulac acmumeḥ, ulac ambiwel, ad as-tiniḍ iddubez. Immeɣ-d

187 Ggami : hésiter, être réticent.

188 Ṛeṣeṣ: s'immobiliser, rester sur place, rester fixe (regard)

msalamen. Inṭeq-d amzun s laɛdez
Nṛuḥ-d akw, anwa a yeqqimen di tmurt am tina? D tamurt iččan zariaɛ. Aṛwaḥ n ṛuḥ-d, acukan alama nebbweḍ-d i nettfaq teḍṛa yid-neɣ am winna inegzen si lbabuṛ yugad ad t-ečč tmes, iɣli ar lebḥaṛ ččan-t waman! (Ibda a yḥemmu, a yettḥarik ifasen-is) Nɣil ad nekkes lḥif, tagara wellah ar am dagi am dihin nbeddel kan lḥif s wayeḍ. Nbeddel kan i weqdaḥ amḍiq. *Ḥmed, a t-ittmuqul kan am akken iwhem. Lfeṛḥ-nni swayes imuger Aɛmaṛ ibda a yxetti. Am win isawlen ur das-d-yuɣal ṣut.*

Ḥmed
Ala a Aɛmaṛ a gma! Mačči yakw kif kif. Zriɣ ten nek, usan-d kra n waguren kan, rran idrimen swayes d-uɣen Ibiza, s yenna rnan jmaɛn idrimen, ksen lḥif af wid ğan di tmurt! Di kra n waguren ksen lḥif n iseggwasen! Uɣalen bezren-d[189] idrimen ula i widak illan di tmurt akken ad ten-aɛwnen ad aɣen Ibiza. Yarnu mi a d-awḍen, ar dagi, ad asen-ilin di lmendad: ad ččen, ad swen ad asen-d-afen axweddim! Wellah ar ad twehmeḍ amek yaɛni i beddlen! Asmi i ten-nettwali ttmengaṛen[190] di tmurt, ɣuṛ-neɣ ur d-cligen deg iqiḥ, neqqaṛ-as: dɣa wigad-gi iwumi lhan? Učči, sɣuṛ babat-nnsen, lmeṣṛuf s ɣuṛ yemmat-nnsen, akka i d ilmeẓyen! Lamer ad teḥṛes teswaɛt fell-asen akken i teḥṛes af wid n zik, ad ten-yečč uweṭuf! Ziɣen ur nezṛi ara tidett. Aḥṛas teḥṛes fell-asen waḥd-s msakit!

Aɛmaṛ
Amek akka teḥṛes akka? Ečč, eṭṭes, lmeṣṛuf illa! a teqqareḍ teḥṛes. Aɛslama i weḥṛas am win!

Ḥmed
Mačči d laẓ i d aɣwbel. Teḥṛes fell-asen deg walaɣ-nnsen. Niteni deg isem akken kan i d-stefken ar ddunit, d ilmeẓyen, niteni ttidiren tudert n yemɣaṛen...*et encore* tudert n yemɣaṛen-nni iḍalen maḍi, a ttṛağun kan ad ṛuḥen anda ad nṛuḥ akw. Ulac ṭmaɛ ad rren axxam, ulac ṭmaɛ ad xedmen, ulac ṭmaɛ ad idiren.
Ayen deg a rren lxiṛ i ymawlan-nnsen, ad ten-sfeṛḥen, d niteni i yal ṣbaḥ ad sendin afus-nnsen i cwiṭ n umesṛuf! Eh bien d widak-nni nɣil am akraren

189 Bzer: cotiser
190 Mengaṛ: traîner sans but précis (par désoeuvrement).

n temɣaṛt wulfen iḥbuben n icimmi, i d-ibbwḍen ar dagi uɣalen sefḍen lḥif. Finalement d irgazen d uzgen! Ulac akw win i ten-iḍmaɛn akka. Ziɣ kulec d taswaɛt, ama d lkuṛağ, ama d tirugza ama d ddel[191]. Kulec d taswaɛt! Ma diri taswaɛt, xas ilik d argaz ad k-taṛẓ, ma telha teswaɛt ad baneḍ *Aɛmaṛ ibda a yettecmumuḥ. D tina i d tikelt tamezwarut i yecmumeḥ segmi i d-mlalen.*

Aɛmaṛ

Imi dɣa a d-tettmeslayeḍ af tudert, tirugza, taswaɛt... laɛnaya n Ṛebbi dɣa, amek akka llan dagi, d tudert? A ttidiren di tirgigit, yal mi a walin abulis ad ttmuqulen anda a ffren. Tikwal ula mi a walin afaktur ad friwsen ! Ula di targit msakit ttṛejṛijen[192] s tkaskiṭ

Ḥmed

Wellah ma seḍṣayent! D ṣaḥ d tudert n tugdi, lamaɛna xaṛsum illa citaḥ n ṭmaɛ ad tbeddel. Ad uɣalen ad awin lekwaɣeḍ. D tudert di tugdi, d tidett, dacu, ttḥulfun s yiman-nnsen illa wacu iwumi lhan. Ayen i d-rewlen si tmurt? Rewlen-d imi uɣalen am yeẓṛa ur zṛin iwumi llan ur zṛin aniɣaṛ ad teddun! Et encore, izṛa meqqaṛ lhan i lebni. Niteni ttḥulfun ur lhin i wacema. Tura a teqqaṛeḍ tugdi! Xaṛsum tura saɛn asirem deg wul, zemren ad nfaɛn ixamen-nnsen, d nitni a yettaɛwanen ar tmurt ayen deg llan yal ṣbaḥ sendayen afus! A d-qqaṛeḍ, dagi yal ṣbaḥ ttugaden ad ten-ṭfen; di tmurt d ṣbaḥ-nni i ttugaden, amer ttafen ur d-ittaweḍ ara yakw ṣbaḥ imi zṛan ulac dacu ad asen-d-yawi!

Aqli d nek ad ak-d-iniɣ: ma sdergeɣ[193] aqeṛṛu-w kra n waguren akken ad rreɣ ayen i ttwalaseɣ u yarnu ad ṣaṛḍaɣ[194] ciṭ usuṛdi swayes ad ḥarkeɣ di tmurt, ad yeg Ṛebbi ṭfen-iyi! Umbaɛd? Ad iyi-rren ar tmurt ? *En tout cas*, xiṛ n zik.

Aɛmaṛ

S ucmumeḥ.

Awah, ur d-qqaṛ ara akkeni, win iaɛṛḍen taduli, ur ittizmir ara i usemmiḍ am zik, tettilqiq tegwlimt-is. Win iaɛṛḍen isebaḍen ur ittizmir ara i leḥfa am

191 Ddel : absence de dignité.

192 Rejṛej : faire un cauchemar.

193 Sedreg : être discret, dissimuler, mettre à l'abri du regard.

194 Seṛḍ : s'accaparer, profiter, mettre à l'abri (un gain, une part).

zik, ttilqiqen iḍaṛen-is, *c'est fini*!

Ḥmed

Ula d netta s ucmumeḥ. A baba baba! Tariḍ-tt-id akw d tabarkant tqefleḍ-tt-id akw sya u sya. Ad twehmeḍ amek akka tuɣaleḍ! Dcu i k-irran akka! Zik izga iččuṛ wul-ik d asirem, ɣuṛ-k i nettaf ciṭ n sbaṛ tecfiḍ? D keč i daɣ-d-ittaran ar laɛqel-nneɣ.

Dɣa idegger-it ar s idmaren, am akken a yurar yid-s. Iban ibɣa ad ibeddel awal.

Aha a Aɛmaṛ, smekti-d kan asmi daɣ-d-qaṛeḍ: nek ur d-cligeɣ deg udrim neɣ di sɛaya; ǧǧiɣ-awen idrimen n ddunit meṛṛa, zemreɣ ad idireɣ s waman akw d tayri awi-d kan ad aɣaɣ...isem-is akken? Tecfiḍ, tecfid a Aɛmaṛ tecfiḍ? I dɣa tzewǧeḍ akw-d tinat nni...isem-is akkeni? Eh eh Lwiza.

Daɣen idegger-it ar tayett.

Aɛmaṛ

Am akken ur isli ara i westeqsi. Itti wudem-is, imbeddal. Iṣemṣem[195]*, yuɣal irra-d nehta.*

Zik...zik, anef-as i zik deg umkan-is. Ussan-agi af a d-ttmeslayeḍ kfan, zrin, ruḥen, aɛddan faten-aɣ. Faten-iyi, faten-k. *C'est fini.* Imi i diyi-d-steqsaḍ ad ak-d-iniɣ ttbut. *(Isusem cwiṭ yuɣal ikemmel ameslay).* Tezṛiḍ dacu i diyi-beddlen? D asmi faqeɣ belli, ulac tisensert. Iwet-aneɣ Ṛebbi tiyita-nni seg ur d-nettenkar ara. Iwwet-aneɣ alami nuɣal d nekwni yakw i d inegura di ddunit! Ur nebwiḍ ara *même pas* d imdanen. Lukan axir ur d nlul ara meqqaṛ ad neǧ amdiq i widak yuklalen. Nekwni nerna-d kan leḥṛis ar ddunit.

Ḥmed

Ibda a yxetti ucmumeḥ deg udem-is. Liḥala deg iwala amdakwel-is tesetqeleq-it aṭas. Intaq ar Aɛmaṛ s ttawil kan

Ur diyi-aɛǧibent ara tektiwin-agi a ytezzin deg wallaɣ-ik a Aɛmaṛ a gma! Diritent. Ur a sfalatent ara i wayen ilhan.

Aɛmaṛ

A sfalatent i wayen illan

195 Ṣemṣem : garder le silence, rester de pierre, sans réaction.

Ḷṛṣa[196] *allen-is zdat-is, am akken iṛuḥ laɛmeṛ-is. Inṭeq ɣuṛ-s Ḥmed s taɣwect d taḥlawant, am tin swayes ad tneṭqeḍ s amuḍin.*

Ḥmed

Amek akka tura a tettxemimed? Dacu i k-isawḍen ar tektiwin am tidak-agi? Amek akka ur nebbwiḍ ara *même pas* d imdanen?

Aɛmaṛ

Ih, ad ak-qarṛeɣ iwwet-aneɣ Ṛebbi seg wasmi i d-nekker, ur ifri dacu n daɛwesu a nettxelis. Si lğed n lğed-nneɣ akka!

Ḥmed

Arğu a wlidi, ulukan d tidett akka a d-qaṛeḍ iwwet-aneɣ Ṛebbi, mačči akka ad teqqim. Ṛebbi ass-a ad k-iwwet ass-a ad k-iḥyu! Yibbwas akka yibbwas akken nniḍen.

Aɛmaṛ

Tezṛiḍ, tesɛiḍ lḥaq, ur daɣ-iwwit ara

Ḥmed

Atan tuɣaleḍ-d s abrid.

Aɛmaṛ

Lukan i daɣ-iwwit axiṛ!

Ḥmed

Amek akka daɣen? Illa wayen illan nig tyita n Ṛebbi?

Aɛmaṛ

Ur daɣ iwwit ad iban
Meqqaṛ ad neḍmaɛ aɛffu
Ur nesiḍ akken ad yuḥnan
Asmaken ad aɣ-d-yehdu
Ur daɣ-ikrih ur daɣ iga ccan[197]
Tebra ar d tutut i daɣ-ittu

Ḥmed

A baba aɛzizen a baba, ṣafi tenger! Ayen i daɣ ihwan ad t-nexdem tekres

---

196 Aṛṣu : planter (un clou, un pieu, un pilier...)
197 Ccan (eg ccan): témoigner de l'importance, du respect, honorer.

fell-aneɣ! Mazal lxir ar zdat. Ur nqeṭṭaɛ ara layas,akken qqaṛen zik:
Ala win iččа wakal i af iqḍaɛ layas

Aɛmaṛ

Inna-s ihi akken, illa layas iɣelben lmut. Tikwal win ičča wakal yif-aneɣ. Tikwal axiṛ ad k-ičč wakal wala ad teččeḍ akkal. Tezriḍ:

Layas-agi diyi-seblaɛn
laɛdda lamer muteɣ
A win i diyi-d-ifkan
Di ddunit mi d-xbabḍeɣ
Lamer d iyi-d-steqsan
Wisen ma d qebleɣ ad laleɣ

Ḥmed

A Ṛebbi sṣer-aɣ a Ṛebbi! Ulac akw leslak! Aṛğu dɣa! Ulac win ur nsaɛdda taswaɛt taqesḥant. Ger kan čiṭ d waṭas. Ma kra n win iwumi inta usennan ad iqḍaɛ layas ad tenger ddunit! Kulci yettaɛddi. Akken qqaṛen:

Akken das-ihwa ɣwezif yiḍ
Ulaqṛaṛ ad ban tafat

Aɛmaṛ

Awi yesɛan ul-agi yinek. Amek akka yakw a das-tettkelixeḍ. A masaɛd-ik. Nek ur zmireɣ ara. Ansi i das-kkiɣ a diyi-d-yek. Ansi i aɛṛḍaɣ a das-kkeɣ d asawen. A teqqaṛeḍ ad ban tafat; imi ad ban dacu ad twaliḍ? Ad twaliḍ ayen akw af ayen a treggwleḍ, ayen ur tebɣiḍ ara yakw ad smektiḍ. Niɣ-ak, uma sriɣ[198] i tmucuha, tezriḍ:

Nek uma sriɣ-as i tafat
Dacu tebɣiḍ ad waliɣ?
Ayen akw i daɣ-tekkes teswaɛt
Asirem-nni seg i d-ɣliɣ?
Skud ṭlam a yekkat
Xaṛsum deg iṭij ttmeniɣ

198 Uma tesriḍ i... : n'avoir que faire de...

Ḥmed

Tɣelbeḍ ul-agi yin-k af aydeg a d-ttmeslayeḍ! Ula d keč ansi i dak-d-kkiɣ d asawen! Sbaṛ! Mi txedmeḍ ayen iwumi tzemreḍ, dacu nniḍen i d-mazal? D sbaṛ! Ma tekkes cedda dɣa ur nugi ara, ma ur irad ara, dɣa akka a d-qqareḍ deg awal-ik : iwwet-aɣ Ṛebbi. Iwwet-aɣ akw kifkif. Mačči waḥd-k, am keč am atmaten-ik. Akken i qqaṛen wat zik:

Lmut ger meyya d nzuh

Aεmaṛ

Yah! inna-s akken. Lmut ger meyya d nzuh. Ulac win ad immten deg umur-ik. Ger meyya neɣ waḥd-k, d keč kan i tecqa:

Ay atmaten-iw di tyita
Ay iman-iw deg uḥazi
Ay atmaten-iw di trewla
Ay aḍaṛ-iw di tṛuẓi
Wa yettu-tt mi taεdda
Wa teqqim deg-s tettɣizi

Ḥmed

Acut akka a yetttɣizin deg-k aεni? Illa win i k-iregmen neɣ illa win yuẓan deg-k? Axi yella, akken qqaṛen imezwura:
Tisusaf d aman, rregmat d awal

Aεmaṛ

Yah! Tisusaft d aman, rregmat d awal. Ma ɣuṛ-k d awal...
Ikkar s ibedi s uḥaṛef,

Nek am aldun iṛɣan
Deg ul-iw isekkfal
Ma ɣuṛ-k d imetman
Nek fell-i am wuzzal
I yesnen qeḍṛan
Ala win t-iččan

Ḥmed iwala Aεmaṛ irfa, ibɣa ad isers tisri[199], inṭaq ar ɣur-s s ucmumeḥ.

199 Tisri : querelle, affaire, histoire...

Ḥmed

Aεmaṛ a gma, ulama yella win ibeddlen fell-ak, neɣ i dak-inekṛen lxiṛ, tura aqla-k dagi, ttu ayen aṛzagen ad k-ittu.
Isawel i wqahwağı, isuter snat leqhawi, izzi ar Aεmaṛ.
Nek imi k-snaɣ, win a yebḍun yid-k d netta i yxeṣṛen! Yarnu ad uɣaleɣ alama, d lmtul-nni n zik akken i dak-qqaṛen:

Win i k-ibeddlen s yibiw,
keččini beddel-it s iclem

Aεmaṛ

Yuɣal iqqim. irra-d nehta:
Win i k-ibeddlen s yibiw, keččini beddel-it s iclem. D tidett, win i k-ibeddlen s yibiw...iwaεṛ ma d keč i ybeddlen albaεḍ s iclem, ma d keč i tt-ixedmen! Allen-is aṛṣant di raya[200], am akken iṛuḥ laεmeṛ-is wisen sani. Yuɣal irra-d nehta, ikemmel awal-is.

Tina iwumi buddeɣ tirac
Uɣaleɣ bedleɣ-tt s iclem
Iṛuḥ slam di tkerrac
Iṛuḥ ulac deg usirem
Sbaṛ ittağğa-d ulac
Ttaṛ ittağğa-d ilem

Ḥmed

Uh a Aεmaṛ a gma! Ṣafi ha xedmen-ak-tt neɣ txedmeḍ-asen-tt! Aha tura, ayen iεaddan iεadda, ur t-ttağğa ara ad iẓẓad deg-k. Anef i tmes ad texsi, tura aqla-k tzegreḍ-d ar da, anef i lhem ad iεaddi. Anef i tmes ad texsi i dak-nniɣ. Aqla-k agumaḍ, akken qqaṛen:

Ayen idargen af tiṭ idreg af wul.

Aεmaṛ

Maččí d taweṛqett ad-tt-sefḍaɣ. Mačči di ṛmel i yura mi tεadda lmuğa, iɣab. Times i diyi-ččan deg ul ar a tt-ttawiɣ.

200 Di raya : dans le vide.

Tɣileḍ-ak a Ḥmed tensa
Times mi yekfa ujajiḥ
Nekwni seg wasmi i d-nusa
Asmekti deg-nneɣ ittiqsiḥ
Nettawi-t am ttaɛbga
Awi yzemren ad tt-ifk i jiḥ

Ikfa-kan awal, iker s temɣawelt, iẓẓel afus-is i Ḥmed, inna-yas: Qim di lehna.

Ḥmed

Yurez-as afus-is s ifasen-is i sin. Ur d-ikkir ara seg ukersi.
Aniɣaṛ? Ur tettṛuḥuḍ ur qṛib ur ala ḥal. Ihi ma ğğiɣ-k ad tṛuḥeḍ tura weḥd-k nek d aḥbib n tkellax! Ula d nek ad ḥeqṛeɣ iman-iw. Wellah ma taxṛeɣ-ak alama tenniḍ-iyi-d dacu akka i k-iceɣwben. Maččí d Aɛmaṛ-nni sneɣ zik. Dacu-t akka i k-irḥan? D lekwaɣeḍ agi ur tesɛiḍ ara? Aqlaɣ akw kif kif. Am keč am medden. Ur nenɣi ara iman-nneɣ nekwni. Tura ma d idrimen neɣ d tanezduɣt, ayen illan yinu, yin-k. S lfeṛḥ ameqwṛan ad bḍuɣ yid-k ayen illan. Ma d lekwaɣeḍ a Aɛmaṛ a gma, ur neq ara iman-ik, kif kif akw! Yiwen uaɛkkaz i daɣ-iwten.

Aɛmaṛ

Justement, lekwaɣeḍ maččí kifkif

Ḥmed

Am akken ibda a yreffu.
Amek maččí kif kif a Aɛmaṛ! A dak-d-neqqaṛ ula d nek ur sɛiɣ ara lekwaɣeḍ!

Aɛmaṛ

Maččí kif kif justement, nekkini sɛiɣ!

Ḥmed

Mi das-d-inna akka Aɛmaṛ, Aḥmed akken kan iṛuḥ ad ijɣwem tajeɣwimt seg ufenğal-is. Seg akken ur ibni ara, tceṛeq-as lqahwa. Isguḥ, alami i t-id-yuɣal nnefs, iṭaṛḍaq:
Amek? Γuṛ-k lekwaɣeḍ yarnu a tettneẓmaḍ[201]? keč tesɛiḍ lekwaɣeḍ yarnu

201 Nnẓem : se lamenter, raconter ses malheurs, s'apitoyer sur son sort, larmoyer/pleurnicher.

d nek a k-ittsebiṛen! Ttaεwint a yettaken i lebḥaṛ! Si ṣbaḥ ḥareɣ ansi ad k-d-kkeɣ am umuḍin! Ayen deg ad iyi-tsebṛeḍ keččini! Lekwaɣeḍ di lğib yarnu a yettru, d iḥkayen! Nekkini ad fkeɣ afus ayefus af *la carte de résidence!* A das-qqareɣ! Af ciṭ n lkaɣeḍ, ma yehwa-yas d ṛisibisi n wagur.

Aεmaṛ

Nek fkiɣ ktaṛ a Ḥmed. Ih, ktaṛ

Ḥmed

Amek ktaṛ? Sin ifasen i tesεiḍ atan mazal-iten i sin!

Aεmaṛ

Ih a Ḥmed. Ayen fkiɣ ur isεi ara azal

Ḥmed

Dacu tefkiḍ a Aεmaṛ ur nesεi ara azal? Tura a d-qqareḍ mi d-nṛuḥ si tmurt ur nesεi acemma!

Aεmaṛ

Temẓiw, tirgaw, leqdeṛ-iw....

Ḥmed

Nekwni tirga-nneɣ, d temẓi-nneɣ ftutsent ur d nebwi yisent abruy! Keč meqqaṛ tebbwiḍ-d lekwaɣeḍ. Atan tifeḍ-aneɣ suq! Nekwni am win isarwaten alim. Laεtab ur iğği, lɣella ur d-ibbwi.

Aεmaṛ

Am akken *ččuṛ*ent-d wallen-is.
Lekwaɣeḍ-agi yinu, d tagwersa di teylewt.

Ḥmed

Imuqel Aεmaṛ, iččaḥ deg-s s tmuɣli. Iwala mačči d tteqsiṛ. Amdakul-is d tidett af yiri n wecṛuf. Ciṭ n tbeḥrit ad iṛuḥ. Indem imi yarfed taɣwect-is, imi yeğğa urfan-is uflawen-d. Imi ayen d-inna ulamek t-yerra ar daxel, Intaq ar Aεmaṛ s taɣuct d taḥlawant.
Semmeḥ-iyi,lina ɣileɣ d tteqsiṛ ad tettqesireḍ.

Aεmaṛ

Ulac uɣilif, tura imi nebda ad tent-id-nessekfal, ad tent-id-nekfu. Afus negger-it. Akken i das-tenna tbuzegrayezt[202], zik seṛmel seṛmel tura seḍher seḍher.

Ḥmed iṣegem iman-is af ukersi. Israḥ ayen ad as-d-yini Aεmaṛ dayen i das-ityizin deg wul. Aεmaṛ ikemmel ameslay

Lina testeqsaḍ-iyi-d ma zewğeɣ d Lwiza. Tina akken wukud nemyefra acḥal iseggwasen aya. Ewteɣ nneḥ. Zriɣ tfaqeḍ lamaεna ur tebɣiḍ ara ad tḥetceḍ

Ḥmed

Tu n'es pas obligé, ma twalaḍ yaεni…

Aεmaṛ

Ala a Ḥmed, wellah ar ad ak-d-inniɣ ayen illan.
Asteqsi-nni isendef-iyi, ihud-iyi.

Ḥmed

Semmeḥ-iyi, ur zṛiɣ ara. D aḥemmel i deg wul-iw, bɣiɣ ad k-id-smektiɣ, ɣileɣ ad nbeddel awal ar sayen i zṛiɣ tḥemleḍ-t.

Aεmaṛ

Ulac uɣilif. Keč s niya-k, anda teẓṛiḍ?
Ad uɣaleɣ alama d asteqsi-nni yinek: tenniḍ-iyi-d ma nezweğ;ur nezwiğ ur qṛib ur ala ḥal. Ur nezwiğ ur nzewweğ, ala ayen iaεddan ifat.

Ḥmed

Temsefraqem! Anwa ad as-yinin.

Aεmaṛ

Tekka-d nig lebɣi. D ddunit i ysewqen fell-aneɣ. Yarnu tezṛiḍ, akken i das-inna win: nemsefṛaq ur nemsalam. Wellah ma uriɣ-as ula d tabratt. Rewleɣ-d am win i xedmen lεaṛ, am umakwar, neɣ am bu temgaṛt! Ula af widak diyi-snen, rewleɣ-d nebla sslam!

Ḥmed

Aḥlil. Win iwten deg-k awer t-yaf! Ulac win d-isɣeṛsen s laεqel-is. Nejfel-d d ajfal. Ma d tabṛatt, maččí d aɣwbel. Zriɣ win a yṛuḥen ar tmurt azekka. Azekka tameddit ad tt-isiweḍ.

---

202 Tabuzegrayezt : bergeronnette

Aɛmaṛ

Iṣemṣem, iṣemṣem, yuɣal inna-yas
Ma yella d keč ad iyi-tt-yarun.

Ḥmed

Ayen? Di ur teɣṛiḍ ara keččini? Naɣ akken i neɣṛa !

Aɛmaṛ

Awlidi maččči d leqṛaya. Aɛni tɣileḍ ur aɛṛiḍeɣ ara ! Liḥala-agi deg lliɣ, nek s yiman-iw ur fehhmeɣ ara tira-w. Anef tura i win nniḍen. Waqila ur zmireɣ ara ad qeṭbaɣ[203] ula d astilu. Aɛṛḍaɣ, d tamsalt!...mačči aɛcṛa mačči meyya tikwal i aɛṛḍaɣ...d taɛwiṣt!

Ḥmed

Ma d ayagi ad ak-iksen af wul aql-i wejdeɣ. Inni-d, nek ad aruɣ. Awi-d kan.

Aɛmaṛ

Tamezwarut bɣiɣ ad zṛen ayen idṛan yid-i. Ula d Keč a Ḥmed dɣa meqqaṛ ad tezṛeḍ dacu i diyi-beddlen. Ad tezṛed azal i swayes i diyi-d-sqamen lekwaɣeḍ. Lamaɛna, imi tamacahutt-nneɣ tebda yakw s le visa, aru :

Uh a *le visa*
A ttruɣ ula d nekkini
Naɛya di lmeḥna,
Mačči d kra ad iaɛddi
Uh a *le visa*
Tura a nettru d tirni
Zik ar Fṛansa
Tura ulac axtiṛi
Uh a Lwiza,
D kem i yeččuṛen ul-iw
Uh a *le visa*,
Deg-k i smareɣ lǧib-iw
Uh a Lwiza
D kem i mennaɣ d zwaǧ-iw

203 Qeṭṭeb : maîtriser, avoir le contrôle

Uh a *le visa*
Deg-k i ṛuḥen yedrimen-iw

Ḥmed

Dagi d ṣaḥ, nesbeṛ, nesbeṛ maččči d kra ad iaɛddi, et puis d ṣaḥ daɣen tura tarewla ay aniɣaṛ tufiḍ... ulac tamurt i neǧǧa, awi-d kan ad neffeɣ.

Aɛmaṛ

Amzun ur das-isli ara.
Arnu aru. Bɣiɣ widak ǧǧiɣ, abaɛda Lwiza, ad zṛen aṭas i swan ar ɣuṛi. Axataṛ amek akken i d-rewleɣ ǧǧiɣ-ten...ǧǧiɣ-tt, ugadeɣ ad as-innin ussan-nni akw nsaɛdda akkeni d akelax kan.

Ḥmed

Dagi tesɛiḍ lḥaq, ad ak-d-iniɣ tidett, aqli d nek, win a yrewlen akka i d-rewleḍ nebla slam nebla timenna, akken kan ad tt-sṭaṛǧmaɣ! Aru-yasen akken ad tekseḍ xaṛsum d leɣwlaḍ. Abaɛda ger-ik d Lwiza. Maččči aɣilif n beṭṭu ad tarnuḍ win ndama. Amsefhem d asurif amezwaru ar tuɣalin.

Aɛmaṛ

Ihi dɣa, aru-yas

A lwiza ḥemmlaɣ
Ad am-n-aruɣ tabratt
Tagi akka xedmeɣ
Ay akken i tt-muqleɣ d tacmatt
Ma d tayri-nni-nneɣ
Ar d-zzin wussan ma nwaɛ-tt

Ḥmed

Aṛǧu a Aɛmaṛ ma tenɣiḍ tayri-nni i kwen-izduklen, d tamgaṛṭ! Ur das-qeṭaɛ ara layas. Dɣa ayen akw tesarmem di sin ad iṛuḥ ?

Aɛmaṛ

Maččči ad iṛuḥ, inni-d iṛuḥ, ad fell-as yaɛfu!
Imuqel Ḥmed irna-yas: Ɣileɣ tezṛiḍ kulci.

Ḥmed

Justement, aqli tufiḍ-iyi-d wehmeɣ! Amek i k-sneɣ zik, ur tqetaɛḍ ara layas. Tezgiḍ tessarameḍ ad tbeddel teswaεt, cfiɣ mi i daɣ-d-qqareḍ ad tbeddel neɣ ad tt-nbeddel!

Aεmaṛ

Iban ur ibɣi ara win a das-d-ismektin zik. Ismaεuẓeg.[204]

Aru, aru. Akken ad tẓaṛ dacu i tthulfuɣ. Acḥal aya i bɣiɣ ad d-seffiɣ ayen i diyi-zedɣen, ur zmireɣ ara ad t-aruɣ. Aru!

Aḥemmel-nneɣ s trusi
Simi yettzad nettsusum
Gguleɣ-am teguleḍ-iyi
Ad nilli am yicer d weksum
Acḥal i telha tayri
Lamer teseččay aɣṛum

Ḥmed

Iḥbes tira.

Aεwed-as-d kan i wnegaru-agi ttxil-k.

Aεmaṛ

S temɣawelt am win ur nebɣi ara ad iḍeqaṛ lweqt
Acḥal i telha tayri, lamer teseččay aɣṛum

Ḥmed

Ad ak-yaεfu Ṛebbi, dagi tḥuzaḍ-iyi-d ula d nek! Iqqen allen-is a d-ittales: acḥal i telha tayri, lukan teseččay aɣṛum...acḥal i telha tayri...

Aεmaṛ

Aεmaṛ amzun ur das-d-isli ara. Allen-is aṛṣant di ṭabla, amzun a yettwali deg-s ayen akw iğğa, neɣ i t-iğğan. ikemmel, ameslay.

Arnu aru, akken i dak-nniɣ, ad tent-id-nesekfel yiwet yiwet, ass-agi d ass-nsent:

Izwar uduqes targit
Azeğğig-nneɣ d ilili
Izwar beṭṭu timlilit
Am win itabaεn tili

204 Smaεuẓeg : faire la sourde oreille

Imi zhaṛ-nneɣ dirit
Izwar ṭaɛm tayri

Ḥmed

Amek, amek? imi zhaṛ-nneɣ dirit...

Aɛmaṛ

Imi zhaṛ-nneɣ dirit, izwar ṭaɛam tayri.
Iaɛwed-as-d kan s temɣawalt, amzun iḥar ad ikfu ayen illan deg ul-is. Amzun ma yaḥbes, dayen ur ittizmir ara ad ikemmel. Ibɣa ad ifaṛes tagwnitt imi tekkes-as tigugemt, tefsi tɣarist i das-iṭfen tiyersi. Am win ibɣan ad iseffi timmist, ma ifat inǧaɛ-itt s tsegnit, meqqaṛ ad yarnu ad tt-id-iẓẓem, ad d-ikkes wayen illan deg-s skud ḥman idamen. Iswaɛd-as s ufus i Ḥmed am akken ad as-yini, ur daɣ-tthetin ara, anef ad nekfu cɣul i daɣ-yettṛaǧun.
Arnu aru-yas:

Ul s tayri-m i yedder
Yinem maččí n tayeḍ
Kemini tesɛiḍ sser
Nettat tesɛa lekwaɣeḍ
Am ifrax ifat useffeṛ
Tura ad nelhi d lqweḍ

Ḥmed

D tidett, d ṣaḥ, ifat useffeṛ, ifat uqesaṛ, igwra-d kan lqweḍ. Tura ad nekwbel ulawen-nneɣ ad nelhi d uaɛbbuḍ.
Isers astilu, iaɛwed iɣṛa ayen akken yura, izzi ar Aɛmaṛ:
Semmeḥ-iyi kan, a Aɛmaṛ, tin isɛan sser, fehmeɣ, anta i d-lhaḍ tesɛa lekwaɣeḍ?

Aɛmaṛ

Atan tufiḍ-d adeddi[205]. Tufiḍ-d anda a diyi-tetthukku ddunit. Tin isɛan lekwaɣeḍ d tamɣaṛt agi wukud lliɣ. Hatan ayen akw i d-qqareɣ lekwaɣeḍ sqamen-iyi-d ɣlayit! Temẓi-w tṛuḥ d asfel...

205 Adeddi : plaie.

Ḥmed

Aḥlil, tura fehmeɣ-k

Aεmaṛ

Ḥder ad tɣiliḍ af temɣaṛt a ttlummuɣ. Nettat ur texdim. Llum af yiman-iw.

Ḥmed

Niɣ-ak aḥlil…

Aεmaṛ

Arnu aru, axataṛ tikwal mazal a ttkellixeɣ i wul-iw: qqaṛeɣ-as nekwni tfat-aneɣ targit, ahat arraw-nneɣ ad mlilen ad aɣ-d-aren amur, ad aɣ-d-aren ttaṛ si ddunit agi. Lamεna uhbuh:

Ul istaεmal ittamen
Mi t-zehuɣ s tmucuha
N darya-nneɣ a yemlillen
Ad aɣ-d-aren nnuba
Nek ttjabeɣ-as-d imeslayen
Netta ites-iten am ddwa

Ḥmed

Ayɣaṛ ala? Anwa i k-innan darya-nneɣ ur trebbeḥ ara ur daɣ-d-ttara ara ttaṛ…

Aεmaṛ

Uhbuh a Ḥmed, acu n darya ara sεuɣ? A d TAMΓAṚṬ, iṛuḥ-as usartu[206]. D tamɣaṛt tfehmeḍ! Arnu aru:

Dunit deg-nneɣ trekki
Zik s umenni i d-nerra ttaṛ
Tura a yḥeffu lebɣi
Win ur neẓḍim ad iwexaṛ
D temẓi ɣuṛ-i i tettnadi
Temɣaṛt i diyi-gan leqṛaṛ

Ḥmed

Akka timɣaṛin n Fṛansa, ifka-d unyir-nnsent. Lexṛif nebla lawan. S temẓi-

206 Asartu : ponte pour une poule. Par extension, capacité à procréer.

nneɣ nekwni ar a ttleqqiment temɣwaṛ-nnsent

Aεmaṛ

Akka d-nniḍ, inni-yas ihi,

Taṛumit ifka-d unyir-is
D lexṛif nebla lawan
Kem zheṛ-im am ugris
Mi yeḥma yuɣal d aman
Nek uɣaɣ-tent yal idis
D temɣaṛt carkeɣ ussan

Ḥmed

Aḥlil a Aεmaṛ a gma, d amqenin. Dacu xaṛsum tedurid.

Aεmaṛ

Adari duriɣ.Lamaεna ɣlay lekra! Arnu aru:

Ula d asirem isḥaq
Tasa-w nek ur tfettu
Teskumbes ur teṭaṛḍaq
Nuyes ddarya nuyes zhu
Tamɣaṛt-agi deg i neɣṛaq
Iğğa-tt ula d asartu
Oh a Lwiza,
akken i das-inna Xelwi
Oh a Lwiza
ansi i d-nemmut ar dagi

Susmen i sin. Am akken bahban. Aεmaṛ am win i d-ṭef tsawent, Ikkaw. Dacu daɣen am akken isers ttaεbga. Ḥmed d amezwaru irra-d nehta:

Ḥmed

Uk! Ẓayet tebratt-agi. D taεkumt. Iban iččuṛ wul-ik. Ččuṛen akw wulawen-nneɣ. Tabratt-agi yinek thud-iyi ula d nek. Waqila awin i wumi tt-tesnaεteḍ deg widak agi i d-iṛuḥen si tmurt ad ak-yinni, amzun d nek i tt-yuran, d tamacahutt-iw ar a d-qqaṛ.

Aɛmaṛ

Ul-iw iaɛbba ayen iaɛbba wedrar. Ad twehmeḍ amek iṭef. Tikwal qqareɣ-as ur isɛi ara nnif wumag atah aṭas ayagi segmi yeṭarḍaq.

Ḥmed

Ibɣa ad yarnu deg wawal n Aɛmaṛ, imi ula d netta iččuṛ wul. Dacu iqqaṛ-as ma arniɣ-as af liḥala yagi deg illa amzun demreɣ-t s acṛuf. Irra ar deffir ayen ittḥulfu.Am win a yeseblaɛn ayen aṛzagen. izzi ar Aɛmaṛ lamaɛna tura keč tesnefsusiḍ, tin iwumi tuṛiḍ tabratt ad as-taɛbbiḍ.

Aɛmaṛ

Mačči d nek, d ddunit.

Daɣen ibed. Iẓel afus-is i Ḥmed:

Bon, qim di lehna. Azekka ad ak-n-siwleɣ. Neɣ efk-iyi-d ladris-ik ad n-ṛuḥeɣ.

Ḥmed

Dɣa tura bitt! Ihi ma ğğiɣ-k tṛuḥeḍ akka xuṣeɣ! Ladris- iw ad ṛuḥeḍ ad tt-tisineḍ s wallen-ik! Tebra ar lembat ɣuṛi ass-agi. Aṭas aya n tmaṛẓuga i d-nesekfel, ad nṛuḥ s axxam ad nesmekti ciṭ n wayen n saɛdda yelha...ma nettara kan ar yiwet n taɛdilt ad aɣ-tmal ttaɛbga.

Aɛmaṛ

Mazal-t ibed.Yiwen n wul ibɣa ad iṛuḥ, wayeḍ izṛa ayen a das-d-iqqaṛ Ḥmed d ṣwab. Teḍṛa yid-s am win iqqaṛen ala, allen-is qqaṛent ih. Neɣ am win ittagwin afus-is itteẓẓel.

Awlidi ar azekka.

Ḥmed

Awal d win iwumi tesliḍ. Tamɣaṛt-nni mačči di ar ad tt-ičč lwaḥc ma teqqim weḥd-s yiwen n yiḍ. Siwel-as.

Aɛmaṛ

Ad ak-qqaṛeɣ azekka ad nemlil.

Ḥmed

Ur t-id-imuqel ara yakw. Isawel i wqahwağì, isteqsa-t acḥal i dasen-d-bwi, isars idrimen af ṭabla, inṭaq ar Aɛmaṛ

Aha, ihi, yallah

Aεmaṛ

Iwala mačči d aciwaṛ i t-id-icawaṛ, d asendah i t-isendah. Ur das-iǧǧa ara lxetyaṛ. Iḍfeṛ-it:

Ṛuḥ a sidi. Lḥu ad nesmekti ciṭ n wayen ad irren deg-nneɣ taṛwiḥt akka d-nniḍ

Ḥmed

Ad nṛuḥ ad nekkes ciṭah af lexwataṛ-nneɣ. Sya ar azekka ur tezṛiḍ amek.

Iṭaṛḍaq d ṭaḍṣa

Ma yefka-yak Ṛebbi mi ad tṛuheḍ s axxam, ad tafeḍ tamɣaṛt-nni yinek tekaεbubaṛ..

Aεmaṛ

Iṛuḥ am akken irfa.

Ur d-ttmeslay ara akken. Tezriḍ nekwni nesεa nnif. Uɣaɣ-tt, d tameṭṭut-iw! Xas d tizya n jida! *N'empêche* d tameṭṭut-iw! Tega-yi leqṛaṛ, nek fkiɣ awal-iw.

Ḥmed

Arğu, ur tt-id-argimeɣ, ur dak-niɣ neɣ-itt!! Nniɣ-d kan ma yekker zheṛ-ik ad aweḍ tmijalt-is! *Après tout*, ur tkečmeḍ ara di lecɣwal n Ṛebbi, *non*? Ma yebɣa ad as-d-isiwel, mačči d keč ad as-d-yaɣen laεmeṛ!

Aεmaṛ

Ur dak-d-nniɣ ara ad kecmeɣ di lecɣwal a Ṛebbi! *Mais…*

Ḥmed

Igzem-as awal.

Ihi dɣa dayen, tefra! leṣlaḥ ad t-id ifk Ṛebbi.

Yan s axxam, ad nqesaṛ, ula d nekkini ad ak-d-ḥkuɣ amek i d-gwraɣ dagi. Ad tezṛeḍ amek tamacahutt-nneɣ kifkif. Timucuha-nneɣ akw s widak i d yunagen kifkif-itent. Ulayɣaṛ tenɣiḍ iman-ik. Ad twaliḍ ayen akka ad ak-d-ittbanen d aberkan, ur izad ara di tebrek…

Immeɣ isemḥaleq[207] *i tuyat n Aεmaṛ, dɣa ṛuḥen.*

Mi a leḥḥun deg ubrid Ḥmed a yettmeslay kan netta d wul-is. Yufa-tt d

207 Semḥileq : enlacer, entourer de ses bras.

tamzegilt imi amiṭṛu iɣaṛez si lɣaci. Akken kan i d-fɣen medden seg uxeddim. Ur ten-id-iṣaḥ ara umekan akkeni. Ika gar-asen lɣaci.Yufa-tt d tamzegilt imi tamezwarut, labulis ur tettqelib ara af widak illan s tufra ma yilli yeqwa dḥis, tis snat ibɣa ad ijmaɛ ciṭaḥ laɛqel-is ɣur-s akken ad iqazem tiktiwin-nni a yttezin deg walaɣ n Aɛmaṛ. Ula d netta ayen akken i das-d-inna Aɛmaṛ, isenquqel-it[208]. Tabratt-nni yura aṭas i d-arwi deg-s ula d netta. Iqqaṛ-as: cwi yega-yi lɣaci-agi ad d-rreɣ ciṭ nefs, ad jmaɛ ciṭ taɛwint, ma ulac anwi a yrefden wayeḍ. Ma ur t-id-rriɣ ara s abrid, ihi nek d yir aḥbib. Ma ur das-beddeɣ ara i lmendad mi akka i diyi-yeḥwağ, ulawumi-yi. Xas ula d nek hciceɣ, netta aktaṛ. Igzem-itt d ṛay, ad as-ikkes seg wallaɣ-is ayen akken a yttezin deg-s. Iqqaṛ-as: nek ad aɛṛdaɣ, amar ad iyi-yeg Ṛebbi d sebba swayes ad ldnint wallen-is ad iwali mazal tudert, mazal ur tekfa ara ddunit, mazal asirem. Iwhem amek tikwal d amdan i d aɛdaw n yiman-is. isekras-itt anda akken ur tekris ara. Ineq tifeskert[209] anda akkeni i teshel i wefsay.
Bbwḍen anda izdeɣ Ḥmed, qimen. Bdan a ttmesllayen. Ḥmed ittmuqul amek ad ibdu awal. Ur ibɣi ara ad ibdu ad t-indaṛ[210] uṛaɛd staɛfan. Yarnu, ur ibɣi ara ad iban d andaṛ ad t-ineddaṛ. I lamer ad as-ifeɣ abrid Aɛmaṛ ad as-d-yinni: dacu-k tura mi akka ad iyi-d-nedṛeḍ? Di diyi-tifeḍ awali? Ula d netta ur ibɣi ara ad t-indeṛ, ibɣa kan ad as-ifk tamuɣli-s, ad as-ikkes ciṭ af lxateṛ. Teḍṛa yid-s am win ittqazamen cɣwel iwaɛṛen: a yezuɣuṛ uqbel ad ibdu. Alami i d-isebw lqahwa, swan, intaq ar Aɛmaṛ:

Ḥmed

Aɛmaṛ a gma, bɣiɣ ad ak-d-inniɣ belli ddunit ur telli d tabarkant maḍi ur telli d tamelalt maḍi tella gar-asen. D nekwni kan i tt-ittwalin d tabarkent akw neɣ d tacebḥant akw.

Aɛmaṛ

Akka d-nniḍ, d tabermelalt! Degmi tebarwi!

Ḥmed

Iwwet nneḥ[211]*, ikemmel awal.*
Tura keč ma tmuqleḍ liḥala-agi deg telliḍ iceba-yi Ṛebbi, ur ilaq ara ad teqḍaḍ

---

208 Senquqel : secouer.
209 Tifeskert : nœud coulant.
210 Ndeṛ : conseiller
211 Ewwet nneḥ : faire comme si de rien n'était.

layas. Aṭas i tifeḍ. Ur d-nniɣ ara aqla-k di rbeḥ ar iri, lamaɛna daɣen ur tengir ara ddunit fell-ak ! Meyyez kan ad twaliḍ d tidett i dak-d-qqaṛeɣ. Ddunit agi diri ad teqḍaɛḍ layas u daɣen diri ad k-ifeɣ laɛqel. Ur ilaq ad tḥemqeḍ ur ilaq ad teṭseḍ ad tettṛağuḍ rbaḥ ad ak-d-yaweḍ s amnaṛ! Imi k-ḥemmleɣ am gma, bɣiɣ ad ak-inniɣ:

Eṭṭef ayen i dak-d-ifka wass
Azekka ur teḍmineḍ ara
I k-id-iṣaḥen ittufaṛas[212]
Tnadiḍ aktaṛ azekka
Ma tariḍ-tt kan i tnexsas
Azekka ad taṛwuḍ nnehta

Ur ttara tudert d taɛdawt
Ur ttṛağu ad ak-d-seqqi
Win iwumi aɛbant tuyat
Ur ikkir ma ur isḥedwi
Tettamneḍ Ṛebbi yekkat
Tettettuḍ inha af unadi

Aɛmaṛ

iḥbes-Ḥmed s reffu.

A Ḥmeḍ arğu, aṛğu! Ula d nek imi k-hemmlaɣ am gma, ad ak-d-inniɣ dacu i ttxemimeɣ: ayen akka yakw ad iyi-d-qqaṛeḍ d awal kan, d timucuha! Maččí di tudert n tidett i d-ḍaṛunt! I yettamnen timucuha-agi d lemtul-agi a diyi-d ttawiḍ, d widak ur nelli ara deg-sent. D win ur nettidir ara iɣweblan i yettamnen d sbaṛ i d ddwa n kulci! D win illan beṛṛa n wennar i yeqqaṛen teshel takka[213], zwitt-kan ! Imi tḥemmleḍ lemtul n zik, qqaṛen daɣen :

Dacu tesneḍ di ccetwa
A win iṭsen di tṛakna

Mi a yilli maččí d keč i yettwaregmen, maččí d keč i yettwasusfen, ishel ad iniḍ rrgmat d awal, tisusaf d aman. Tezṛiḍ a Ḥmed, timsal win ur nelli ara deg-sent ad iɣil kan ha! Lemtul agi ad iyi-d-ttawiḍ am win iwumi yeṛṛeẓ udaṛ netta a das-ḍellun zzit. Uli d-gga zzit i tṛuẓi!

212 Faṛes : profiter, exploiter l'occasion, la bonne fortune.

213 Takka : poussière dégagée par les céréales lors du battage.

Nek zṛiɣ i diyi-yuɣen! Ala win iwten d win ittewten i yezṛan. Yarnu imi tḥemmleḍ isefra, ula-d-nek ad ak-d-inniɣ a win ur njeṛeb ur neddaṛ:

Acu tesneḍ di seksu
A winna werğin neftil
Dacu tesneḍ deg uzaglu
Keččini ur nekriz umlil[214]
Dacu tessen deg uzzu
Tasa ur nṛeba agujil

Dacu tesneḍ di leḥya
Keččini ur nesendi afus
Dacu tesneḍ di lɣweṛba
Keč ur ncad amemmus[215]
Dacu tesneḍ d ndama
Ma ur tegzim deg-k am lmus

A win ur nelli deg-sent
Axiṛ-ak ur neddaṛ ara
Ur ttmesslay fell-asent
Keč ur tent-njaṛṛeb ara
Asmi ar ad teɣliḍ deg-sent
Ad tezṛeḍ times deg i nella

Ḥmed

Icmumeḥ, Isenhez aqeṛṛu-s.

Tesɛiḍ lḥaq, dacu tesneḍ di ccetwa a win iṭsen di tṛakna ! Ihi ɣuṛ-k win ur nettcetki ara s usemiḍ ṣbaḥ medi, ur t-inɣi ara ! Win iseblaɛn rrgmat ur t-qṛiḥent ara ! Win isefḍen tisusaf, ur tent-irri ara, yarbaḥ wul-is ! Ihi win ur nettṛejṛij ara s tlufa, s iɣewblan, s sqeḍ, s uɣilif, ur ten-ijaṛeb ara !

Isusem taswaɛt. isers afenğal-nni n lqahwa. Irra nefs, lṛṣa allen-is deg wallen n Aɛmaṛ:

Llan sin leṣnaf n imdanen. Llan widak ismaɛun[216] am imcac, aṛwan neɣ luẓen, lan widak yaṛwa isusem, iluẓ isusem! Ulbaqi laẓ yiwen-is! Tura imi d-negger awal, akken i diyi-d-nniḍ llina: d tina n tbuzegrayezt!

214 Umlil: argile blanche, très collante (par extension : terrain argileux très lourd à travailler).
215 Amemmus: baluchon, ballot.
216 Smaɛu : miauler

Ibda a yḥemmu ula d netta.

A teqqaṛeḍ ur lliɣ ara deg-sent ! Ula d nekkini lamer irbiḥ wul-iw di tmurt dacu ad iyi-d-yawin ar dagi? Tili aqli-yi di tmurt, a tt-ṛebbiɣ arraw-iw....

Ula d nek aɛddaɣ
ddaw bufṛaḥ terɣa tmes!
Ula d nek simi saramaɣ
Simi tkares
Ula dnek ddraɣ
ger tawent[217] akw d wefḍis
xas akka aqlih a desseɣ
Acengu yezga s idis

Ma tebɣiḍ ad tezṛeḍ, aɛddant akw fell-i, nefqent-akw seg-i. Dacu, ur dasneggi ara lebɣi i layas. Acengu am uxṣim ur nessin taqbaylit: ma tesarseḍ tagwcrirt ar lqaɛ ur dak-itthunu yara, ad iglu yis-k! Ula d nek segmi i d-cfiɣ lahlak ittɣizi deg-i.

Yuɣal am win ara d-istexbṛen[218], Islef i wenyir-is. Iqqaṛ-as deg wul-is mačči iṛuḥ-d ad isened fell-i nek ad ɣliɣ fell-as. Mačči iṛuḥ wul ad ikkes lxiq, yufa laḥbab d imuḍan. Dacu ad tarnuḍ amennuɣ i win inuɣnan. Amek ara tlumeḍ af umuḍin? Mačči bwiɣ-t-id s axxam ad as-snefsusiɣ ad uɣaleɣ ad as-arnuɣ taɛkumt. Irra-d acmumeḥ s uḥetem ar simi-s, intaq ar Aɛmaṛ:

Anef, anef, ad nuɣal ar ɣuṛ-k

Aɛmaṛ

Iban-d iwhem.

Aṛğu a Ḥmed, tura tebdiḍ-d awal, kemmel-it-id kan. Awal i weḥbib am ubaṛnus: ma yfat tebdiḍ-t d lɛib ad t-teğğeḍ di tlemmast. Kemmel-it-d kan. Dacu akka a yettɣizin deg-k ula d keč?

Ḥmed

Iṛuḥ a das-yinni, ttu ayen i dak-d-nniɣ, aha ad nqesaṛ af zik, tecfiḍ asmi... dacu iwala Aɛmaṛ ur t-iṭafaṛ ara deg ubrid-nni. Iwala ad ibɣu ad iẓaṛ. Am uqṛuṛ iwumi ar d-bduḍ tamacahutt, s yenna a das-tiniḍ ṛuḥ ad teṭṣeḍ ar

217 Tawent : enclume
218 Stexbeṛ : prendre conscience, réaliser.

azekka ad ak-tt-id-kfuɣ. Inna-yas deg ul-is, d iles-iw i tt-id-ibbwin.
Am win a ynegzen ar temda:

Dayen i k-yuɣen i diyi-yuɣen. Yiwen uaɛkwaz. Muqel kan: nebda seg uɣarbaz, ifka-yaneɣ s asif, bɣan ad aɣ-settun ansi i d-nekka, a daɣ-settun azaṛ-nneɣ.

S yenna, am nekwni am ilmeẓyen, nerna timucuha n tayri, tigad-nni meqqaṛ yal ilemẓi di ddunit ikka seg-sent. Nuɣal asmi a nettimɣuṛ, neḍma tagmatt, akken ad nar i daɣ-ksen, tagara ula d tina tikwal d tagmatt iqaṛdacen! Cwi kan dayem llan yargazen i tt-id-ittaṭafen! A nettalles i tmacahutt n imezwura-nneɣ iğğan tamurt. Imiren meqqaṛ d lḥif n Fṛansa, a das-tafeḍ nzuf. Tura gar-aneɣ. Ihi a Aɛmaṛ imi tebɣiḍ ad ak-d-inniɣ lehlak a yettɣizzin semḥes:

Si temẓi i d-yuɣ aẓaṛ
Lahlak deg-nneɣ ittɣizzin,
Nekwni deg uqeṛṛu i nenṭaṛ
S dwawi i daɣ-ttlawin,
Asmi i naɛya di sbaṛ,
Nesɣeṛs-d nebla aɛwin

Ur tedri[219] ur d-efki idim
Tiyita deg-i yettɣizin
Tɣeẓa iɣes tḥuder agwlim
Deg wadif i tessisin
Teffar am tmes n walim
Deg uli-iw am temqestin

Si temẓi i d-ibda lehlak
Seg wass mi nebda nettfaq
Ziɣen aɣerbaz d asekak
Ziɣen d leqṛaya u saɛṛeq
Sbaɛden-iyi agma fella-k
Snulfan-d tagmatt n caṛq

Asmi ul-iw iṭef aqlaqal[220]
I yuzzel ur isaweḍ

219 Tedri : contusionnée.
220 Aqlaqal : galop.

I yesekmumes a timsal
I yesexğuğeḍ[221] a lkaɣeḍ
Asmi tayri tembedal
Yarna lehlak af wayeḍ

Tiyita i diyi-sruzen
D asmi ḍaleɣ af yir tidett
A tikelt deg i daɣ-kweblen
A melmi i daɣ-teṭṭef tcarkett
Ha d tagmatt i d-izwaren
Neɣ xaṛsum tefka-d tayett

Aεmaṛ

Ziɣ ula d keč aṭas i teffreḍ deg ul-ik!

Ḥmed

Akka i dak-d-nniɣ wa am umcic ismaεu kan, wayeḍ isebbaṛ

Aεmaṛ

S ucmumeh

Ṣafi nek seg imcac!

Ḥmed

Ala a Aεmaṛ ḥekku i win d wid temḥemmaleḍ maččči d asmaεu d ddwa. Keč imi diyi-d-ḥkiḍ dayen ilhan i txedmeḍ. Taεkumt tettifsus mi ad tt-tcarkeḍ d win n wul-ik! D nek i yḍelmen ur dak-d-ḥkiɣ ara zik. Nniɣ-as yiwen umuḍin baṛka.

Aεmaṛ

Tura imi walaɣ ansi i d-kkiḍ, imeslayen-nni i diyi-d-nniḍ sεan ɣuṛi azal aktaṛ. Semmeḥ-iyi, lina gezmeɣ-ak awal, imi iceba-yi Ṛebbi tebɣiḍ ad iyi-d wessiḍ, keč ur tjeṛbeḍ ara ayen i diyi-yuɣen. Tura, ma ulac aɣilif kemmel iyi-d asefru-nni...

Ḥmed

Tigi d tisura i temsal, neɣ xaṛsum d abrid ar tsura. Imi tikwal tisura deg wul-nneɣ, deg wallaɣ-nneɣ i tent-nettawi, nekwni nettnadi fell-asent anda

221 Sexğuğeḍ : griffonner.

nniḍen. Tikwal tisura ğğan-aneɣ-tent-id imezwura, nekwni neğğa-tent ṣeddent. Neqqaṛ-as d at zik, dacu zṛan? Ğğan-aneɣ-d tifelwin n wesɣaṛ nekwni nettnadi tidak n wuzzal. Ur nelmid amek i tent tteggen, ur neḥdir tidak i daɣ-d-ğğan ur nessin ad neg tidak n wuzzal, nuɣal a ntett s iḍudan.

Ihi asefru-agi ad t-id-kemmleɣ i keč d nek :

Tisura ger ifasen-ik
Ur dak-nniɣ ttargu deg uzal
Ur neq iman-ik s ineẓman[222]
Ur d-tteg afus seg ufal
Ur ttṛağu afus n zan[223]
Ur ttṛağu zheṛ ma d-yuɣal
Ur ggar iman-ik deg icaṛfan

Tudert-ik ger ifasen-ik
Ɣuṛ-k ur qedec s yiles
Iles ur ireffed azṛu
Xas si lḥif ur k-itekkes
Iɣleb agelzim i whudu
Ur ttağa ul-ik ad yayes
Ur ttargu ittaddam waḍu

Aqeṛṛu-k di tcacit-ik
Ma taɛniḍ medden akw ḍelmen
Keč ur tsebebeḍ i kra
D wiyaḍ kan i k-isawaḍen
Andaken ur tarbiḥeḍ ara
Ihi arğu ad k-id-ksen
Ma tenwiḍ rbaḥ s nnuba[224]

Zeggwir ttlumu iman-ik
Sekra n win i cuṛaɛn[225] zheṛ
Iṛuḥ laɛtab di lkaṛṭa[226]

---

222 Ineẓman : lamentations
223 Zen : chêne zen (par définition très résistant).
224 Nnuba : tour. S nnuba : à tour de rôle.
225 Caṛaɛ: Aller/poursuivre en justice.
226 Lkaṛṭa : carte. Ici, convocation par la justice (assignation à comparaître).

Xas akken ilha sbaṛ
Ilha kan ciṭ am ddwa
Axir win itteklen af uḍaṛ
Wala win tɣuṛ rekba

D ul-inek i d aḥbib-ik
keččini ittlummun tafat
Dacu das-tettalaseḍ?
Mi d-cṛaq wi bɣu tufat
Mi tɣab ala ayen tḥaṛeḍ
Ma tnudaḍ tufiḍ tarbaεt
Ma teqimmeḍ ad tt-tzegleḍ

Sarwet ayen i d-imger ufus-ik
Ur dak-qaṛeɣ ara ttu
Zwir deg wayen izwaren
Ma yewwet-ik laẓ s aqeṛṛu
Ur tɣelliḍ berdayen
Mi tekreḍ tesrekdeḍ ḥellu
Zzi af win i k-idahmen

Mi yekfa Ḥmed, susmen i sin. Yuɣal Aεmaṛ ciṭ ciṭ a yfetti wenyir-is, am akken tuɣal-d ciṭuḥ n tafat ar s allen-is. Iqqim, am akken imeslayen-nni i das-d-inna Ḥmed a leḥḥun ciṭ ciṭ am ddwa deg wallaɣ-is. Irra-d nehta, inṭaq ar Ḥmed

Aεmaṛ

Ukiɣ am akken fsuseɣ. Mi ttiɣ ur tesεiḍ dacu ibeddlen af llina, mi ttiɣ am akken ul-iw iğğuğeg-d. D tidett, ameslay deg-s ddwa… d Ṛebbi i diyi-k-id-ifkan deg ubrid-iw ass-agi, wumag wissen amek.
Niɣ-ak, tabratt-nni ur tt-ttak-ara, azekka ad aεwdeɣ tayeḍ s ufus-iw. Waqila tura ad izmireɣ ad tt-aruɣ.

Ḥmed

Yuki am akken tebweḍ tejmilt-is, am akken ixdem lwajeb n iḥbiben…ula d netta icmumeḥ, irra-yas:
Ula d nek, d Ṛebbi i k-id-ifkan deg ubrid-iw. Tura keč tcarkeḍ taεkumt-iw, nek carkeɣ taεkumt-ik, twalaḍ amek uɣalent xfifit!

Aεmar

Ihi tura anekkar ad neg imensi, neɣ ad nemmet si laẓ?

Ṭaṛḍqen d taḍṣa i sin....taxxamt nni n Ḥmed am akken lwwet-d ɣuṛ-s yiṭij.

ISBN 142513464-5
9 781425 134648

www.ingramcontent.com/pod-product-compliance
Ingram Content Group UK Ltd.
Pitfield, Milton Keynes, MK11 3LW, UK
UKHW051130260726
13967UKWH00010B/2957